メディアワークス文庫

完・ヒーローズ（株）!!!

北川恵海

目　次

プロローグ

物語の終わりは　いつだって突然で　それはまるで人生のようだと　誰かが言った
その言葉を　思い出すたび僕は　本当にそうだなと　少し泣きたくなるんだ――

STAGE 9
お砂糖と蜂蜜　前編

広間を出ると、縁側にある大きな窓から、日差しが太く一本差し込んでいた。

空気に混じり部屋中に漂う線香の匂いが、時折鼻孔をくすぐる。くしゃみがでそうになったのを堪えようと、鼻先を押さえ、目を強く閉じた。

「修司《しゅうじ》、これ千紘《ちひろ》くんに持っていってちょうだい」

後ろから母に声をかけられて、俺はくしゃみを飲み込んだ。

「わかった」

俺は小さなおにぎりが二個載った盆を受け取ると、言葉少なに広間へ戻った。久しぶりに顔を見る従兄弟《いとこ》たちがバタバタとせわしなく、というよりは、ソワソワと所在なさげにそこに座していた。みんなとってつけたように同じ恰好《かっこう》をしている。まるで服に着られているように見える。

そういう俺も、同じような恰好で服に着られていた。去年あった依頼者である梅原《うめはら》さんの葬式のために慌てて買った、黒いスーツに黒いネクタイ。

スーツなんて以前の職場では毎日着ていたのに、喪服になると途端に服に着られているような気がしてしまう。ただ色が違うだけなのに、どうしてそう思うんだろう。

さっきまでそこにいたはずの彼の姿は、広間にはなかった。姿を探しそこを出ると、彼は縁側にひとりぽつんと座っていた。

「これ、どうぞ」

俺は、おにぎりの載った盆を彼の隣に置いた。

「ありがとう」

彼は口の端っこだけを少し上げてうっすらと微笑《ほほえ》みのようなものを作って言った。

親類の中で一番年下の彼は、黒いスーツではなく高校の制服に身を包んでいた。

「急だったよね」

俺の言葉に、彼は「うん」と微《かす》かに声を出し、頷《うなず》いた。

「昨日はちゃんと寝られたのかな」

彼はやっぱりほとんど音にならないような声で「うん」と答えた。

「食べられるときに、食べといたほうがいいよ」

これから忙しくなるんだし――。その言葉は、飲み込んだ。そんなことは彼だって
わかっている。食べなきゃいけないことだって、頭ではきっとわかっている。

「ねえ、修司くん」

彼は俺のことを「修司くん」と呼ぶ。物心ついた頃から今でもずっとだ。

「ん？」

俺は彼の隣に腰を下ろした。

「転職したんだって？」

俺は少し笑った。

「今、そんな話？」

「うん……なんか、そんな話」

彼も小さく微笑んだ。

「そうだよ。職種が何かと訊《き》かれると、説明するのがややこしい」

「ヒーロー作ってるんだって？」

俺は再びクスリと笑った。

「母さんに聞いたの？」

彼は「うん」と頷いた。そして盆の上のおにぎりへ手を伸ばした。

「一個でいいや」

そう言いながら、彼は皿を俺の前へと差し出した。俺は「ありがとう」と一つ残った小さめのおにぎりを取った。

「この前、電話でうちの母さんがおばさんから聞いたって。それを母さんから聞いて、ちょっとネットで調べてみた」

彼はおにぎりを一口齧《かじ》って言った。

「ほんとに『ヒーロー制作』って書いてあって、笑った」

彼の顔はそれほど笑っていなかった。

「変わってるでしょ？」

俺もおにぎりをぱくりと齧った。

「変わってるって言うか……」

彼は一口齧ったおにぎりを手に持ったまま、初めて俺に視線を向けた。

「謎だね」

彼の目はうさぎのように赤く、両まぶたはぷっくりと腫れていた。

「……謎なんだよ。俺もいまだに」

俺は彼から視線を外して、再びおにぎりを齧った。

「……楽しい？」

「前の仕事よりは、楽しいかな」

俺はパクパクと四、五口でおにぎりを食べきった。

「楽しく働けるのって、いいよね」

彼の手にあるおにぎりは一口齧られたまま、ちっとも減っていなかった。

「最近ツイッターとかでも仕事しんどいとか、ブラック企業とか、過労自殺とか、そんな言葉ばっかり飛び交ってるからさ。修司くんの会社はどうなんだろうと思って。楽しいなら、よかった。ほんとに」

「うん、まあ悪い会社じゃないよ」

彼は手に持ったまま減らないおにぎりを、しばらく見つめていた。

「……僕も、働かなきゃ……」

まるで独り言のように、ポツリと呟《つぶや》いた。

「それはまた……、後で考えたらいいよ」

俺は言葉を探した。

「今はまだ……」

彼を慰める、何か気の利いた……。

焦らなくてもいい。まだ高校生なんだから。落ち着いてからおばさんとしっかり話し合って。俺にもできることがあれば協力するから。今は何も考えずに。今日はただ、亡くなったお父さんのことだけを――。

頭の中をぐるぐるまわる言葉は胸のあたりでつっかえて、その代わりに涙が、一本線になって頰を伝った。わかっている。

どんな言葉だって、彼の不安を拭い去ってやることなんて、できない。

俺は何も言えないまま、彼の背中に手を当てた。

彼も無言のまま、涙を流すこともなく、じっと減らないおにぎりを見つめていた。


葬式が終わり、三週間ほどたった頃だった。久しぶりに母から着信があった。

「修司、千紘くんの相談に乗ってあげてくれない？」

開口一番、母が言った。

「千紘の？」

「千紘くんね、大学、行かないって言い出したらしいのよ。朝子《あさこ》は、お金のことなら気にせず行きなさいって言ってるらしいんだけど、どうにも首を縦に振らないどころか、せっかく入った予備校まで辞めるってきかないらしくって」

母はさも困ったように、電話の向こうで大きな溜息《ためいき》をついた。

「そうなんだ」

朝子おばさんは、母の妹にあたる。昔から姉妹の仲は良かったらしく、俺も小さい頃はよく千紘と遊んでいた。

最近はなかなか会う機会もなかったが、千紘は俺にとって弟のようなものだ。

「千紘くん、マラソンでもいい成績残してるんですって。もともとはマラソンの強い大学に入学することを目指してたらしいのよ。それなのに、そのマラソンもやめるって言い出したみたいで」

「学費の心配をしてるのかな」

「そうみたいね」

「だったら俺より朝子おばさんと話すべきじゃない？　奨学金だってあるんだし」

「だから、いくらお金の心配はするなって言っても、聞く耳もたないんだって。お父さんがあまりにも突然のことだったから、きっとナーバスになってるのね。可哀《かわい》そうに。『母さんだっていつどうなるかわからないだろ』なんて言ってるって」

「そっかあ……」

「あんた一応ほら、人の相談とか受ける仕事なんでしょ？　なんでも屋みたいなもんって言ってたじゃない」

なんでも屋って。俺は電話口で苦笑いした。

「まあ、あながち間違っちゃいないけど……」

「千紘くん、あんたの仕事にも興味持ってるみたいだし。この際ほら、インターンとかで使ってやれないの？　せめてあんたと同じ職場なら朝子も安心するかも」

「俺にそんな権限あるわけないだろ」

一体俺を何だと思ってるんだ。

「とりあえず、一度千紘と話してみるよ。母親よりは年の近い従兄弟のほうが何かと話しやすいかもしれないし」

「ほんと？　頼まれてくれる？」

「ああ。ちょうど明日休みだし、さっそく連絡してみる」

「頼んだわよ、本当に。朝子の心労をこれ以上増やさないようにね」

母は熱のこもった真剣な声で言った。

「わかったよ。朝子おばさんにも安心してって伝えといて」

電話を切って、早くも少々不安になった。

珍しく切羽詰まった母の様子にのせられて、つい大口をたたいてしまった。

千紘に『明日話をしないか』とメールを送ると、即座に返信がきた。

『僕も修司くんと話したいと思ってたんだ』

返信を打っている最中に、ミヤビからの着信がきた。

「はい。どうしたの？」

「もしもしオレ、オレ、オレッスー」

いつも通りすぎるおちゃらけた声に、力みかけていた肩の力が抜けた。

「わかってるよ。だからどうしたの」

「あー修司さん、気をつけねーとオレオレ詐欺に引っかかるッスよー」

「ご忠告どうも。でもご心配にはおよびませんよ」

そもそも俺に息子はいないっつーの。

「明日なんスけどー、オレ超暇な感じでー、子供たちもお泊まり会でいなくてー、修司さんどうせ暇だろうし遊んであげよっかなーって思ったんスけどー」

どうせ暇って言うな。

「せっかくのお誘いに悪いんだけど、予定あるから」

俺は見えないミヤビに対し、ドヤ顔で言った。

「マジッスかー！　まさか、いよいよ春が⁉」

「いや、親戚の男の子だから……」

電話の向こうでミヤビの「ああー」という落胆した声が聞こえた。

「ていうかミヤビこそ、たまにはあの美人の奥さんとデートでもしたらいいだろ」

「たまにってか、ほぼ毎週デートしてるッスよー。明日は祥子《しょうこ》も友達との予定あるんスよー」

電話口でニヤついている顔が容易に想像できた。

俺は愛想なく「あっそ」と言ったあと、ふと思い立った。

「あ、そうだミヤビ！　今時間いい？　ちょっと相談があるんだけど……」

「えっ！　なんスか!?」

なぜかミヤビが嬉《うれ》しそうな声を出した。

「実はさ――」

俺は、千紘のことを話した。ミヤビなら何か千紘の心に響くことを言ってくれるかもしれないという期待があった。

一通り俺の話を黙って聞いていたミヤビが口を開いた。

「じゃあ、明日うちの事務所で一緒に話しましょうや」

「え？　勝手に事務所に入れちゃダメでしょ」

「修司さんの親戚ならいいっしょ、別に」

ミヤビはあっさり言った。

「ほんと……？　なんか、悪いな。ミヤビ休みなのに。でも、俺もなんとか千紘の力になってあげたくて……」

「大丈夫ッスよー」

電話の向こうにいる、ミヤビの気の抜けたような笑顔がたやすく脳裏に浮かんだ。

気がつくと俺も肩の力はすっかり抜け、同じように笑みを浮かべていた。

翌日、事務所の最寄り駅で千紘と待ち合わせをした。

もうすぐ三月だというのに、真冬が戻ってきたように寒い朝だった。

俺が足踏みしながら待っていると、約束の時間ちょうど、千紘が改札から出てきた。

千紘は俺の姿を見つけると小走りで近寄ってきた。

「修司くん、久しぶり！　ってほどでもないか」

俺は彼が笑顔で現れたことに安心した。

「元気そうでよかった」

千紘は「元気だよ」と軽く微笑んだ。

俺は「行こうか」と、千紘を連れ、歩き出した。

「母さんから聞いたんだけど、なんだかヒーローズ株式会社ってすっごく大きなビルなんでしょ？」

千紘はワクワクした目で言った。

「本社はね。三十二階建てのピカピカだよ」

「すげー。社食もうまいって聞いたよ？」

千紘は何かを期待したような眼差《まなざ》しを俺に向けた。

「本社はね」

俺は苦笑いで言った。

「本社はって？ 今から行くのは本社じゃないの？」

「今向かってるのは、事務所だよ。初めはそこで依頼人と会うんだ。どんな有名人であろうと、必ずそこで会うことになってる。特例はないんだ。だから今日も……」

俺は言葉を止め、立ち止まった。千紘も立ち止まった。

「どうしたの？」

俺は千紘がどんな表情を見せるだろうかと予想しながら、次の言葉を口にした。

「着いたよ」

千紘はきょとんとした顔で俺を見た。そしてキョロキョロと辺りを見渡した。

「どこに？」

「ここだよ」

千紘が俺の指した方を見た。

目の前には、今にも朽ちそうな古い廃墟《はいきょ》のようなビルがそびえたっていた。

「冗談でしょ？」

千紘の顔に、俺は思わずフフッと笑った。

「事務所はこの七階。最上階だぜ」

千紘は改めてそのビルを見上げた。

「三十二階建て……」

「本社はね」

「ピカピカの」

「本社はね」

「社食がうまい？」

「本社はね」

千紘がゆっくりと俺のほうを向いた。しばし目が合って、同時にプッと吹き出した。

「さ、行こうか。七階まで階段しかないからね」

俺は意気揚々と先立って薄暗いビルに入った。

さすが本格的にマラソンをやっているだけあって、千紘は呼吸を乱すこともなく七階まで上り切った。対する俺は、毎日上っているにもかかわらず息を切らしていた。

「運動不足だな……」

「大丈夫？　修司くん」

先にゴールに辿《たど》り着《つ》いた千紘に心配されてしまった。

「ぜんっぜん、平気」

俺は無理やり息を整えると、目の前に現れた古く重厚な木の扉に手をかけた。

「では、こちらへどうぞ。お客さま」

そう言いながら、重い扉をグッと力を込めて押した。

扉はギギーーッときしみながら、ゆっくりと開いた。

「ようこそ、ヒーローズ株式会社へ」

ミヤビが右手を広げながら、左手を胸に、片足を後ろへ引き膝を曲げた。

最近お気に入りの王子スタイルのお出迎えで、ミヤビは顔を上げるとニッコリ微笑んだ。俺は引きつった笑顔でそれを見ていた。

「さ、とりあえず中に……」

ミヤビを無視して、ぽかんとしている千紘を促し中へ入ると、道野辺《みちのべ》さんもいた。

「お帰りなさいませ、坊ちゃま」

道野辺さんまで……。何かもう似合いすぎてるし。

「ちょっと、何のコンセプトの店なんですか。やめてくださいよ」

さすがに突っ込まずにはいられなかった。

「執事カフェ的な？」

千紘は案外平然として俺に尋ねた。

「違うから。ごくごく普通の会社だから」

言いながら思った。いや、普通ではないのか？　ヒーローを作る会社って、普通ではないよな。社長も変人だし……。普通の会社ってどういうものだっけ。最早《もはや》、自分の中の普通がなんだかわからなくなってきた。

「とにかく、こっちに座って。コーヒー飲める？　日本茶か紅茶もあるけど」

俺は少々混乱しつつも、平静を装って千紘を応接スペースに通した。

「コーヒー飲めるよ。あ、でも砂糖とミルクがあれば嬉しいです……」

千紘が少し恥ずかしそうに言った。

「萌《も》えー」

ミヤビがいつの間にか俺の後ろに立っていた。

「俺の従兄弟にそういうこと言うのやめてくれる？」

俺はしらっとした視線をミヤビに向けた。

ミヤビはそんな俺を無視して千紘に歩み寄った。千紘が一瞬ビクッとしたのがわかった。

「大丈夫、変な恰好してるけど、怖い人じゃないから」

今日のミヤビはキラキラのラメで描かれた大きなドクロがついた長袖シャツの上に、もこもこっとしたフードのついたお気に入りのパーカーを着ていた。

「ほら、今日は寒いからね」

なぜか俺は千紘に向かってミヤビの服装のフォローをしていた。

「チーッス。オレ、ミヤビっていいまーす。修司さんのマブダチッス」

ミヤビが満面の笑みで千紘に手を差し出した。

「マブダチって、意味わかる？　ほら、ズットモ的な、あれ」

俺はこそっと千紘に言った。

「うん、なんとなくわかるよ」

千紘はフフッと笑って、一瞬ためらいつつも、ミヤビの手を握り返した。

「朝倉《あさくら》千紘です。よろしくお願いします。朝倉の朝はモーニングの朝で、ちなみにうちの母は、朝の子供って書いて、朝倉朝子っていいます」

ミヤビがギャハハッと笑った。

「朝倉朝子！　超モーニングッスねー！」

千紘がニヤリと笑って俺を見た。

「これ、僕の鉄板ネタなんだ」

意外とミヤビと気が合うかもしれない。ふとそう思った。

「ちなみに、この人、ミヤビはこれでも四十過ぎてるから」

「えっ！　嘘《うそ》でしょ⁉」

千紘が目を見開いた。

「すげー！　何食ってたらそうなるんですか？」

「えっとー、今朝食ったのはねー、ヨーグルトとー、目玉焼きとー」

「いや、律儀に答えなくていいから」

「ちなみに、目玉焼きにはケチャップ派ッスよ」

「僕は醤油《しょうゆ》かなー」

「おっ和食派ね！　えらいッスねー。高校生なのに渋いッスねー」

「ごはんが好きなんで」

やっぱり気が合っている。

「いや、その話マジでどうでもいいから」

割って入った俺を、ミヤビが指さして「ねー」と顔をしかめた。

「いやねー、くそ真面目な人ってー」

千紘は笑っていた。そこは否定してよ。あははじゃなくてさ。

そこへ道野辺さんがうやうやしく現れた。

「千紘くんは、カフェオレはお好きでしたかな？」

「はい、好きです。ありがとうございます」

千紘はにっこり答えた。

「お砂糖と蜂蜜、お好きなほうをどうぞ」

道野辺さんはそう言って、微笑みとともに湯気の立ったカップを音もなく置いた。

「申し遅れましたが、私《わたくし》、道野辺と申します。修司くんには常日ごろより大変お世話になっております」

「こちらこそ、修司くんが大変お世話になっております」

千紘が頭を下げた。ミヤビがフッと笑った。

「千紘くんは、四月から何年生になるのですか？」

「高三になります」

「まだ高校生なのに、修司さんよりちっひーのほうがしっかりしてそうッスねー」

ミヤビが口を挟んだ。

「コミュ強だし。修司さんと違って」

「いちいち俺の悪口混ぜないでくれる？」

　俺はジロリとミヤビを睨《にら》んだ。

「ところで、ちっひーは成績いいんスか？」

　ミヤビは俺を無視して続けた。

「ええと、一応、前のテストでは二十五位でした。微妙……」

「えっ！　ぜんぜん微妙じゃないッスよー！　だって進学校って聞きましたよ？　それで二十五位はかなりすげーよ。それにマラソンも速いんでしょ？」

「でもそれで推薦もらえるかどうかは、これまた微妙なラインで……」

　二人が話し始めたので、俺はカフェオレを口にした。温かくてほんのりとした苦味があった。それに蜂蜜を加えると、まろやかな甘さになって、心がホッとした。

「要するに、勉強もできて、マラソンも、まあ先を考えられるくらいの実力があるってことッスよね。奨学金とかは考えてないんスか？」

「はい。父が亡くなったばかりなので、こんな状態で借金まで抱えるなんて現実的じゃないと思います」

「なら目指すは一つじゃないッスか？」

　ミヤビがニヤリと笑った。

「一つって？」

俺は思わず口を挟んだ。

「国公立ッスよ」

そう言うと、ミヤビが指をパチンと鳴らした。

「道野辺さん、アレを」

「はい、坊ちゃま」

このノリ、まだ続いてたのか。俺は黙ってカフェオレをすすった。

「陸上、特にマラソンに強い大学のパンフレットッス。幸い受験まではあと丸一年あるし、予備校も通ってるみたいだし、今から勉強がんばれば……」

「ミヤビさん」

千紘が口を開いた。

「僕、マラソンはきっぱりやめようと思うんです。そんなことしてる場合じゃないっていうか……。それに、大学も。やっぱり金かかるし。それなら早く社会に出て働きたいって思っていて」

ミヤビは柔らかく微笑んだ。

「ま、せっかくなんで冷める前にどうぞッス」

そう言うと、千紘の前に砂糖と蜂蜜を押し出した。

「あ、はい。いただきます」

千紘は蜂蜜の瓶を取り、カフェオレに入れた。

「ちっひーは、蜂蜜派なんスね」

「蜂蜜ってあんまり食べたことないし、コーヒーに入れてみたことなかったから。せっかくだし試してみようと思って」

「好奇心旺盛でよきよき」

ミヤビがうんうんと頷いた。お前は父親か。

「うまいッスか？」

ニッコリ尋ねたミヤビに、千紘は「おいしい……」と呟いた。

「甘すぎなくて、なんか、ホッとする……」

見ると道野辺さんもうんうんと頷いていた。ここには父親志願者が多い。

「千紘、マラソンはやめるって言ってたけどさ」

しばらく二人の話を聞いていた俺は口を開いた。

「マラソンでもかなりいい成績を残してるって聞いたよ。俺、そんなに詳しいわけじゃないけど、もしかしたらそっちで食べていけるようになる可能性だってあるんじゃないかな」

「それこそ夢物語だよ」

千紘は寂しそうに笑った。

「でもやってみなきゃわかんないじゃん。頑張ってみない？ マラソンも、受験も」

千紘は黙ったままカフェオレを飲んでいた。

「せっかく才能があるんだからさ。限界まで頑張ってみても……」

「修司くん」

千紘は少し怒ったような眼差しを俺に向けた。

「僕は天才じゃない。それは自分が一番よくわかってる」

俺は「そんなこと言うなよ」と言おうとして「そ……」と口を開きかけた。

声が出なかった。否定できなかった。

なぜなら、俺も今現在、同じことを思っているからだ。

俺だって、天才じゃない。

そんなことは、わかっていたからだ。

「……ごめん」

結局、俺は千紘に謝った。

簡単に「頑張ってみろよ」なんて、言うべきじゃなかったのかもしれない。

千紘は落ち着いた表情で「ううん」と首を振った。

「僕も、ごめん。修司くんが励ましてくれてるのは、わかってるんだ。でもやっぱり現実的じゃないよ。だって考えてみてよ。大学に進むための学費四年分、プラス生活費に、僕が目指していた大学なら家から通えないから家賃もかかる。それだけの支出がある。マラソンを続けるならバイトすら満足にできないよ。ずっとマイナスだ。そしてそれが将来への投資になる保証もない。それに比べて、すぐに就職して実家で暮らせば、四年間でどれだけのプラスが生まれる？　自分の学力やマラソンの才能を考えると、リスクが高すぎると思う」

「うん……でもさ……」

「それに、母さんだって」

千紘は俺の言葉を遮って、続けた。

「うち、母さんは父さんより四つも年上なんだ。父さんが急にこうなったのに、母さんだっていつまで元気かわからないじゃない」

視線を落とす千紘は、まるで暗い部屋の中一人きりで留守番する小さい子供のように、不安そうに見えた。

「僕は少しでも早く、就職すべきだよ」

誰もが口をつぐんだ。

重くなった空気を切るように、千紘が俺に言った。

「ねえ、ちょっと訊いてもいい？」

俺は「なに？」と答えた。

「ヒーローって一体、何を指してそう言ってるの？」

「んー、人であれば何でもいい……らしい」

俺は「ね？」とミヤビを見た。ミヤビはうんうんと頷いた。

「修司くんの見解は？」

「俺としては……概念、かなあ」

「概念？」

「そう。ヒーローという概念。それぞれが思うヒーロー像は、それぞれに存在する。個人の中にあるその概念を形にする」

「わかるような、わからないような」

千紘が腕を組みながらふーんとうなった。

「要するに、その人の望む形に近づくための手伝いをするんだ」

「修司くんは、今までどういうヒーロー作ったの？」

「漫画家から始まって、女優さんとか女子高生とか、あと変わったところではお父さんってのもあったかな」

「お父さんか……」

俺は千紘の呟きにハッとした。

「あっ……ごめん」

「いや、そんなに感傷的な気分引きずってないから大丈夫」

千紘は気丈にニコリと微笑んだ。

「じゃーあー」

それまで黙っていたミヤビが口を開いた。

「社会科見学してみるのはどうッスか？」

「社会科見学？」

俺と千紘の声がハモった。

「ちっひーはまだ、何がやりたいって決まってるわけじゃないんでしょ？　だったらまず、色々な仕事に触れてみねーと」

ミヤビはニッカリ笑うと「ねっ」とピースサインを見せた。

「ミヤビ、どこに向かってるの？」

　事務所を出て電車に乗り、歓楽街を先立って歩くミヤビの後ろを千紘と並んで追いかけながら、俺は一抹の不安を胸に尋ねた。

「オレのお城ッス」

「お城？」

　俺は小声でミヤビに囁《ささや》いた。

「千紘はまだ未成年なんだから、あんまり変なところに連れてかないでよ」

　ミヤビはくっくっと不敵に笑い、「この中ッスよ」と一つの雑居ビルを指さした。

　入口にはでかでかとガールズバーと書かれた看板がある。

「ミヤビ、何ここ」

　俺の不安をよそに、ミヤビはビルの中に吸い込まれるように入ると、エレベーターのボタンを押した。千紘を連れていって本当に大丈夫だろうか……。迷っていると、エレベーターのドアが開き、ミヤビに続き、千紘もさっさと乗り込んでしまった。

「修司さん、階段ッスか？」

　ミヤビがニヤリと笑い、俺はなかばヤケクソ気味にエレベーターに乗り込んだ。

エレベーターを降りると、目の前には『Butterfly House《バタフライハウス》』とピンクの文字で書かれた扉があった。

「さっ、オレの城へようこそ」

ミヤビがその扉を開けると、チリリリンと懐かしいドアベルが鳴る音がした。

恐る恐る中に足を踏み入れて驚いた。むせ返るようなスプレーと香水と化粧品の混ざった匂い。そこには、ドレスに身を包み椅子に腰かけるたくさんの女性と、花を渡り歩くミツバチのように女性の間をせわしなく動く、三人の美容師がいた。

「美容室……？」

千紘が口を開いた。

「そう。正真正銘、健全な美容室ッス」

ミヤビはニカッと笑うと、店内を見渡した。

「最近は昼キャバが多くなったから、この時間も混むんスよね」

そういえば、ミヤビの前職は美容師だった。かなり腕のよい美容師だと聞いたけど、ここで働いていたのだろうか。

「あら、ミヤビ？どうしたのこんな時間に」

ミヤビに近づいたのは、きちんとヘアセットをして、ちょっと濃いめに化粧をした少し年配の綺麗《きれい》な女性だった。

「ここのオーナーッス」

ミヤビが俺たちに言った。

彼女は俺たちに目をやると、艶っぽく微笑んだ。

「あらあ、可愛《かわい》いお客さまね。どこのお店の子かしら」

「オレの同僚と、その従兄弟の高校生ッス。今日は社会科見学ツアーで」

ミヤビが冗談っぽく言った。

「社会科見学？」

女性はフフッと笑った。

「楽しそうなツアーね。どうぞ、ごゆっくりしていってちょうだいね」

そう言うと女性はミヤビに「あちらでお茶くらいお出ししたら？」と小さなテーブルスペースを指さした。

「あーっ、ミヤビだー」

チリリリンと扉が開き、入ってきた若い女の子がミヤビを見て声を上げた。

「ミヤビいるならやってよー」

「そうよ、社会科見学なら実践して見せなきゃね」

オーナーが悪戯《いたずら》っぽく微笑んだ。

ミヤビは「ええー」と珍しく苦笑いを見せ、俺たちを横目で見た。

「じゃ、そのへんでおとなしく座っててください」

俺たちにそう言い残すと、ミヤビは渋々といった様子で、女性の座るスタイリングチェアへと向かった。

ハサミではなくヘアアイロンを手に、ミヤビは女性のクルミ色の長い髪をクルクルと巻き始めた。その手さばきは鮮やかで、あっという間に豪華なアップスタイルができ上がった。仕上げに上からヘアスプレーをシューと振りかけてミヤビは満足そうに微笑んだ。

「はい、一丁あがり。お粗末様でした」

今どきのギャル風味であった若い女性は、華麗で大人な女性に変身していた。

「ミヤビのスタイリングって、ゴージャスだけど上品なんだよねー。なんか自分がすっごくいい女になった気がするんだ」

彼女は嬉しそうに言った。

ミヤビは普段のおちゃらけた顔とはまるで別人のように、はにかむように笑った。

しばらくそこを見学した後、オーナーにお礼を言って美容室を後にした俺たちは、再び駅へ戻ると電車に乗った。

「ミヤビは昔、美容師だったんだよ」

千紘は「へえー」と感心したように相槌《あいづち》をうった。

「今でもッスよ」

ミヤビがポツリと答えた。

「今でも週末の夜はあそこで働いてるッス」

それは俺も初耳だった。どうりでいつも早く帰りたがったわけだ。

「あのお店は、ヘアセット専門店なんですか？」

千紘が尋ねた。

「そうッス。ＨＰ《ホームページ》もなければネットでも探せない。口コミ紹介だけで客を取ってる、水商売の方メインのヘアセットサロンッス」

ミヤビはいつもと同じ笑顔でニッコリ笑って言った。

「ちなみに、オーナーはオレの母親」

「えーっ！」

車内だったにもかかわらず、俺は叫んでしまった。

「めっちゃ若かったよね⁉」

ミヤビが今四十すぎだったはずだから、ハタチで産んでいたとしても六十歳は過ぎてるはずだ。

「え――」

俺は再度声を上げて、しげしげとミヤビを眺めた。

「若く見えるのは、血筋だったんだな」

ミヤビはハハッと笑った。

「みたいッスね。ちなみにあの人は今年でちょうど還暦ッスよ」

もう一度顔を思い返してみたが、どう見ても六十には見えなかった。

千紘が「お祝いしないとですね」と笑顔で言った。

駅に着き、ミヤビは「そろそろ昼なんで、本社で飯でも食いましょ」と電車を降りた。

改札を出てしばらく歩くと、三十二階建てのピカピカのビルが現れた。千紘はそれを見上げ「わあー」と声を上げた。

顔が映るほど磨き抜かれた床を踏みながら受付に向かうと、佐和野《さわの》さんが俺たちをにっこり出迎えてくれた。ミヤビが「ゲストパスください」と佐和野さんに話しかけた。俺はニヤニヤしながらその珍しい光景を眺めた。

「ミヤビの奥さんだよ」

耳元で囁くと、千紘も声を潜めて「めっちゃ美人」と囁き返した。

「なあーにヒソヒソやってんスかあ」

ミヤビがパスを手に、ニヤニヤしながら戻ってきた。

「別に。相変わらず美人だなあと思って」

「当たり前じゃないッスかー。今日のヘアセットはオレがしたんスよー」

ミヤビは照れる素振りもなくのたまった。

「はいはい、ご馳走様《ちそうさま》です」

俺はバカバカしくなって、千紘を連れエレベーターへとさっさと向かった。

「あれえ、修司さんジェラっちゃってます？」

ミヤビは更にニヤケを増しながら俺たちの後を追った。

三十階にある食堂はちょうど昼時だったためか人が多かった。

「ここに来たかったんでしょ？」

俺が千紘に言うと、千紘は嬉しそうに「うん！」と答えた。

俺たちはそれぞれ好きなものをトレーに載せ、見晴らしのいい窓際のテーブルへと座った。料金は年上らしくちゃんと俺がおごった。

「どうッスか？　我がヒーローズ株式会社の印象は」

ミヤビがいつも通り納豆カレーを頬張りながら千紘に尋ねた。

「とりあえず、事務所と本社の落差がすごいです」

千紘は食べ盛りの高校生らしく味噌《みそ》ラーメンとカツ丼のセットを前に、笑いながら答えた。

「ちげーねー」

ミヤビもゲラゲラ笑った。

「ミヤビさんはどうして美容師になろうと思ったんですか？」

ミヤビはカレー皿から視線を上げて、千紘に微笑んだ。

「あの場所が好きだったからッスよ」

さっき連れていってくれたあのお店のことか。俺は日替わり定食だったメンチカツを食べながら心の中で思った。

「今ではオーナーだけど、うちの母ちゃんも昔はあのサロンの客だったんス」

ミヤビは普段、あまり自分の過去を語らない。俺も彼のプライベートはいまだにあまり知らなかった。

「オレ、朝飯は小学生の頃から自分で作って食ってたんスよ。自分で起きて、朝飯食って学校行って、帰ってきたら初めて母ちゃんと顔合わせるって感じ。んで夕飯は五時くらいに母ちゃんと一緒に食って、六時になったら母ちゃん仕事に出かけて、そっから朝までまた一人。朝起きたら、母ちゃんが帰ってきて寝てるの確認して、ホッとして、起こさないように自分で朝飯作る。そんな毎日でした。でもたまに、母ちゃんがあのサロンまで一緒に連れてってくれたんス。『魔法の館に行くわよ』って」

珍しく流暢《りゅうちょう》に話し始めたミヤビに、俺は黙って耳を傾けた。

「オレにとっては、魔法使いが遊んでるように見えたんスよ」

当時を思い出したように、ミヤビは嬉しそうな表情を浮かべた。

「ほんとに、すんげー地味目な顔の女の人が、あそこでお姫様みたいになってくんスよ。マジで『魔法ーっ』て思って。つい、指さしてそう言っちゃったら美容師さんはめっちゃ嬉しそうに笑ってたんスけど、その女の人には殺し屋みたいな目で睨まれましたけど」

千紘が「ははは」と声を出して笑った。

「そっから女の人のヘアメイクに興味がでて、小学校で同じクラスだった祥子の髪を……あ、さっき受付にいた、オレの奥さんね。その髪を結ってやったりして仲良くなって。当時は教室の隅っこで一人本読んでるすんげー大人しい女の子だったんスけど、ぜってー美人になると思ったらやっぱり絶世の美女になったし。このオレの先見の明、やばいッスよね」

ミヤビがなぜかニヤリと俺を見た。俺は呆《あき》れた顔で見返した。

「中学生から新聞配達のバイト始めて、高校からは土日はファストフード、夜はあのヘアサロンで手伝いもさせてもらって、金ためて専門行って、ヘアメイク両方勉強したけど、結局オレは髪のほうが面白くって。で、トップレベルのカリスマスーパー美容師ミヤビができあがったってわけッス」

「言い過ぎだろ」

俺が突っ込むと、ミヤビは「ご清聴あざーっした」と、テーブルに手をついて頭を下げた。千紘がパチパチと小さく手を叩《たた》いた。

「それにしても、ミヤビが今も美容室で仕事してるなんて知らなかったよ」

「まあ、趣味みたいなもんッスよ。オレにとっては今でも楽しい仕事なんで」

千紘が「それなら……」と口を開いた。

「どうしてミヤビさんはヒーローズで働こうと思ったんですか？　美容師をメインにずっとやっていこうとは思わなかったんですか？」

「美容師って仕事を、嫌いになりたくなかったからッスよ」

ミヤビはよどみなく答えた。千紘の純粋な質問に、ミヤビも真摯に答えようと腹を決めてくれているようだった。

「オレ、ぶっちゃけ割と才能あったと思うんスよ。だからぐんぐん腕も上がったし、客もついた。けど、それを面白く思わない人も結構いて、そういう人は人を陥れてでも蹴落とそうとするから。そうすることで自分の地位が上がったように錯覚して安心するから。実際は、オレがいなくなったところで、そいつの腕が上がるわけでもなく、他のやつにポジション奪われて終わりなんスけどね。でもあまりにもそういうやっかみが多くて、当時世話になった自分が尊敬してた人までそうだったってわかったときに、あ、もういいや、って。これ以上この世界にいたら、美容師って職そのものが嫌いになっちまうなって。そう思ったから距離を取ることにしたんス。自分が選んだ職業を、ずっと好きでいたかったから」

「それは正解だったと思いますか？」

千紘が真っすぐミヤビを見つめて問うた。

「思ってるッスよ。実際、今でも美容の仕事は好きだし、自分の好きな場所で好きなように働けて、めっちゃ楽しいッスよ」

千紘は何かを感じたように深く頷くと、考えこんだ。

「僕には、どんな仕事の才能があるんだろう……」

千紘の呟きは、俺がずっと思っていることと同じだった。

「ねえ、ミヤビはさ」

俺も口を開いた。ミヤビが俺のほうを向いた。

「ミヤビは才能あるって、どんなときに感じた？　やっぱ人より上達が早いとか？」

「修司さんは、才能ってなんだと思うんスか？」

「それがわからないから、訊いてるんだよ……」

ミヤビは俺の顔を見て、ふふっと優しく笑った。

「オレは、人と比べてどうかってことは、考えたことなかったッスね。だってそんなの、比べる人が変われば意味なんてないっしょ。例えばオレが二番だったとして、一番と比べれば『それより下』になる。三番と比べれば『それより上』になる。で、結局オレの位置は変わるんスか？　下になって落ち込んで、上になって喜んで、オレの位置は変わんねーッスよね。だったら、昨日と比べて今日のができるようになってたいッスよ。昨日の自分より上手《うま》くなって喜んだり、昨日の自分より下手になって反省したり、そのほうがよっぽど意味があるような気がするんスよ」

「それ……！」

千紘がハッとしたように言った。

「そんなことコーチも言ってました。他人と比べるな。比べるなら、昨日の自分と、未来の自分と比べろって。誰よりもよく、自分を見つめろって」

「いいコーチだね」

「修司さん、オレにも言って、それ」

俺はもう一度、千紘に向かって言った。

「いいコーチだね」

ミヤビが「修司さーん」と情けない声を上げた。

千紘はそんな俺たちを見て笑いながら「でも」と続けた。

「そのときは、未来の自分と比べるってなんだよって、意味わかんなかったんですよ」

「まあ、目標を持てってことじゃないッスか？　未来のちっひーの位置を考えて、それに向かって今日はここまで、って。そういうことを考えろってことかも」

「なるほど……！」

気づけば千紘がミヤビを尊敬の念のこもった眼差しで見つめていた。

「あ、そうそう。で、才能って結局ね、それを好きかどうかだと思うんスよ。オレは美容師の仕事が好きだったから、くそほど練習したッス。でもそれを辛《つら》いなんてこれっぽっちも思わなかった。だって、好きなことやってると楽しいっしょ？　でも周りには練習嫌いもいっぱいいて、好きなのにやらないって、やりたいことなのに練習はしたくないって、オレには理解できなかった。だからきっと、オレには才能があったんスよ」

好きという才能。それは今までにも耳にしたことがある。才能のある人は『努力を努力だとすら感じていない』と。

「ほら、大空翼《おおぞらつばさ》くんも言ってるっしょ？　ボールは友達さ！　って。そりゃ楽しいッスよね。友達と一緒なら。楽しいからいっぱい遊んで、それが結果として練習という言葉に置き換わるのなら、それこそが才能なんスよ。ちっひーは、走るの楽しいッスか？」

ミヤビが流れるように千紘に問いかけた。

「走るの……楽しいです」

千紘はそれほど迷うことなく答えた。

「ほら、才能あるッスよ」

ミヤビはとても嬉しそうに笑った。

「だってオレ、走るのなんてしんどいだけでクソ嫌いッスもん。それを楽しいと思うなんて……」

ミヤビは千紘を優しい微笑みで見つめた。

「ちっひーはマジ、変態」

「え？」

思わず変な声が出た。せっかく珍しくいいこと言ってると思ったのに。

千紘は大口を開けて笑った。

「いや、本当に変態だと思いますよ、自分でも。だって走ってるだけなのに楽しいんだもん。へ、変ですよね……」

千紘は笑いすぎて息を乱しながら言った。

「しかも成績もいいんでしょ？　もしかして、勉強も好き系ッスかあ？」

ミヤビがニヤニヤ尋ねた。

「勉強は……まあ、やらなきゃって思ってるところもあるけど、それほど嫌いでもないかなあ。テストの点数上がると嬉しいですよ」

「マジ、ド変態」

千紘は腹を抱えて笑った。

「別に、無理して今すぐ将来を決める必要ないッスよ。結果就職するにしろなんにしろ、勉強もマラソンも色々残しておくほうが、未来のちっひーにとって選択肢が広がるッスよ？」

ミヤビは「よし！」と立ち上がると「ちょっと待っててください」とテーブルを離れた。二人残されたテーブルで、俺は千紘に話しかけた。

「千紘っていつからマラソン好きなの？」

「そういえば、いつからかなあ。もう気づいたら好きだったかも。なんでかなー。走るの、いつから好きなんだろう。小さい頃から好きだった気がする」

「だって、走るのしんどいじゃん。辛くない？　俺は苦手だな」

「いや、もちろん辛いんだけどさ。なんか、走れば走るほど気持ちよくなって、もっと走りたいって思うようになって……やっぱ変なのかな」

千紘がへへッと笑った。

「あ、それってあれ？　ランナーズハイってやつ？」

「そうそう」

「本当にあるんだー。じゃあ、人の髪とかいじったり切ったりするのは好き？」

「いや、別に……好きもなにも、切りたいと思ったことがないかな」

「ミヤビはそれが大好きなんだよね」

「ああ、そうだよね」

「なんか、不思議だよな。人って、それぞれ全然違うんだな。当たり前だけど」

千紘は感慨深げに「そうだよね……」と呟いた。

そこへミヤビが、トレーに三つのプリンを載せて戻ってきた。

「今日は特別に、人生のセンパイからの驕《おご》りッス。これ、うまいッスよー」

「やったあ」

千紘が嬉しそうな声を上げた。

プリンの容器には『はちみつプリン』と書かれていた。

「ちっひー、蜂蜜あんま食ったことないって言ってたし。食って気に入ってたっぽいし。お砂糖以外の甘さを知った記念ってことで」

ミヤビは「では」とプリンを手にした。

「一つ大人になったちっひーに、かんぱーい！」

俺と千紘は顔を見合わせ、「かんぱーい」と、手にしたプリンをぶつけた。

プリンはほんのり甘さ控えめで、まろやかでとても美味《おい》しかった。

「これうまいね。ありがとう、ミヤビ」

「でしょ？　甘味は心のお砂糖ッスから」

「いや、それはちょっと意味がわかんないけど」

千紘もクスクス笑いながらうまそうにプリンを食べていた。

ふいにミヤビが口を開いた。

「母ちゃん、働いてるんスよね？」

千紘は顔を上げ、自分への質問だと確認すると「うん。医療事務」と短く答えた。

「金のことが心配ッスか？」

「……うん、すごく心配」

千紘の顔が少し曇った。

「家族だから助け合わなきゃって思うッスよね」

千紘はプリンを食べる手を止め、深く頷いた。

「オレも、物心ついた頃からずっと思ってたッス。うちは元からとーちゃんいなかったから、余計に」

千紘が思わず、といった感じでミヤビの顔を見た。

「でも助け合いって、何も金だけじゃないと思うんスよね。さっきも言ったけど、自分で朝飯作ってみたり。そしたら母ちゃんは自分の起きるタイミングぎりぎりまで寝ていられるし、家に帰ってたまに飯の用意がしてあったら、どんなに嬉しいだろうって。それがたとえ何の変哲もないただのカレーだったとしても」

今日のミヤビはいつになく真剣だった。

「あとね、オレも親になったから思うんスけどね、きっと母ちゃんにとって一番の幸せは、ちっひーの幸せだと思うんスよ。ちっひーが毎日を楽しく生きてくれたら、青春を謳歌《おうか》して、その果てに自分のしたいこと見つけて自立してくれたら。そんなちっひーを見ることが、母ちゃんにとって何よりの誇りになるんじゃないッスかね」

ミヤビは一旦言葉を区切って、視線を落とした。

「きっと、父ちゃんにとっても同じッスよ」

千紘がぐっと唇を嚙《か》んだ。手はしっかりとプリンの容器を握りしめたままだった。

「あと、超現実的な話ッスけどいいッスか？」

ミヤビが少し声のボリュームを上げた。

「母ちゃんは今現在、ちっひーがバイトするよりもずっと稼げる。なら母ちゃんに頑張って稼いでもらって、そのかわりにちっひーは将来稼げるように今から計画を練ったほうがいいッス。マラソンで食っていける可能性だってあるんなら、マラソンも頑張る。学費抑えたいなら国立も狙う。めちゃくちゃ大変かもしれないけど、ちっひーが今頑張れば、将来の自分に対する財産になるッス。マラソンも勉強もやめて、焦って就職を決めるより、大卒のほうが選択肢も広がるし、実際初任給からして違う可能性が高いッス。毎日コツコツと経験値積み上げて、自分のしたいこと、将来のこと、真剣に考えていけばいいッスよ。現在食っていくに困ってないなら、オレみてーにバイトで稼ぎまくることに多くの時間をさくより、勉強とマラソンを頑張ったほうが、ちっひーにとっては絶対いい！」

ミヤビは一気にまくしたてた。

「いいッスか？　今の千円より、将来の百万ッスよ！　学や特技なんていくらあっても荷物にはならないッスからね」

千紘はじっとミヤビの顔を見た。そして真剣な瞳で「わかりました」と答えた。

「焦っちゃダメッス。高跳びだって、いきなり三メートル跳べないっしょ？　細かくても一ミリずつ、きっちり越えていかねえと」

饒舌《じょうぜつ》なミヤビに、俺はひとつ気になったことがあった。

「ねえ、そこなんで高跳びで喩《たと》えたの？　素直にマラソンでよくない？」

「かーっ！　こまけえ！　修司さん、そーゆーとこッスよ？」

「そーゆーとこって何だよ」

千紘はそんな俺たちを見て、クスクス笑っていた。

「ありがとう、ミヤビさん、修司くん。僕、もうちょっとゆっくり考えてみるよ。受験勉強も、マラソンも、両方頑張ってみるよ。何かを選びたいって本気で思えたときに、ちゃんと選べるように準備しておく。あと、朝ごはんの用意もしてみる。毎日は無理だろうけど……週に一回でも、休みの日だけでも」

俺とミヤビは同時にホッと息を吐いた。

「そうだね。うん、そうだよ。俺も何か協力できることがあるなら、いつでも協力するからさ」

俺は昔やっていたみたいに、千紘の頭をポンポンと叩いた。


昼食後、本社内を軽く見学させた後、千紘を駅まで送って、俺たちは事務所へ向かった。道中、ミヤビに今日の礼を告げた。

「今日は本当にありがとう。めちゃくちゃ助かったよ。正直俺だけじゃ、どうにもできなかったと思う」

ミヤビは「いいッスよー」といつも通り、気の抜けた笑顔で言った。

「なんか……これもうほとんど依頼だったね。ごめん、ただ働き……」

「え？　いやいや、店行って遊んで、昼飯食っただけじゃないッスか。今日オレ珍しくスーパー暇だったし？」

ミヤビは本当に、いいやつだと思う。チャラチャラしてそうに見えて、真剣に生きている人だと思う。俺はこの人と一緒に働けてよかったなどと柄にもなく思った。

「今から事務所行って何かするの？」

ミヤビは「え？」と振り向いて言った。

「そりゃあ、道野辺さんがスーパー気にしてっからッスよお」

「道野辺さんが？」

俺は何の話かわからなかった。ミヤビはニヤッと笑った。

「道野辺さん、途中でどっかに消えたっしょ？　あーやばいなーと思って様子見に行ったら『まだ子供なのに、早くに父君を亡くしてあんなに気丈に振る舞ってなんというじらしい……なんともはや……世知辛い世の中です』って、陰に隠れておいおい泣いてたんスから」

ミヤビがクオリティの高い、道野辺さんの物まねを披露しながら言った。

「えっそうなの⁉」

俺はつい笑いそうになった。なんとも道野辺さんらしい。

「みんなでカフェオレ飲んでるときも、途中から涙をこらえるのに必死で口きけなかったみたいッスよ」

「それは……早く伝えて安心させてあげないとね」

「ほんと、困ったじーちゃんッスよー」

時刻はすでに夕方だった。並んで歩く二つの影はアスファルトの道路に長く伸び、俺はなんとなく、この光景を忘れないでいようと思った。

STAGE 10
雪月花

「いつになったら暖かくなるんスかねぇ？　もうじき桜の季節だっていうのに」

ミヤビがズズーッとコーヒーをすすりながら言った。

「そうだなあ」

俺もマグカップから立ち上る湯気を胸いっぱいに吸いこみながら言った。

「今日はブルーマウンテンです。ちょっと奮発しております」

道野辺さんはいつも通り紳士の佇《たたず》まいで、ソーサーを左手に、繊細なカップの持ち手に指をかけ、それをそっと口元へ近づけた。

コンコン、とドアをノックする音がした。

「あっ！　来ましたーお客さーん！」

言うや否や立ち上がったミヤビが、重厚な木製の扉に手をかけた。

ギギーーッと古い木が軋《きし》む音がして、扉は開いた。

「ようこそ、ヒーローズ株式会社へ」

ミヤビが片手を広げながら、片足を後ろへ引き膝を曲げた。

最近お気に入りの王子スタイルのお出迎えで、間違いなく満面の笑みを向けているであろうミヤビの肩越しに、引きつった笑顔で立ち尽くす男性が見えた。

「やっぱ、男性にはウケわるいッスねー」

ミヤビが通りしなコソッと俺に言った。

「だから言ったじゃん。もうそろそろやめなよ」

たまたま女性客にウケたからって、コイツはすぐ調子に乗る。

お客さんの待つ来客用ソファへ行くと、彼はキョロキョロしながら空気中に漂っている匂いを嗅いでいた。

「お待たせいたしました」

俺が声をかけると、その人は慌てて立ち上がった。

「はじめまして。担当させていただく田中《たなか》修司と申します」

「わたくし、西園寺《さいおんじ》と申します。お世話になります」

きちっと名刺を差し出すその所作は、間違いなく手慣れたサラリーマンのそれであった。

「七階まで階段で上られるの、お疲れになったでしょう」

俺は、彼をソファに座るよう促しつつ言った。

「いや、久しぶりにいい運動になりました。最近ジムもサボっていて」

そう言いながらも彼は、息一つ乱れていなかった。いくらまだ気温が低いとはいえ、上着を着たままでこの階段を上れば汗の一つもかきそうなものなのに。

「すごい、ちゃんと自己管理されているんですねえ。僕も見習わなくっちゃ。最近ちょっとお腹《なか》がヤバくって。正月に食べ過ぎたのがいまだにそのままで」

西園寺さんはハハッと笑った。

この笑顔、昔はよく見た。というか絶えず見続けていた。

そう、営業スマイル。それも年期の入ったやつ。しっかり板についているので、ごく自然に見える。相手を威嚇しない、不快にさせない、空気を読んだ表情と声色。一目でわかる。この人は『ちゃんとした』社会人だ。

「わかります。私も最近つい食べ過ぎちゃって。困りますよねえ」

ほら、空気を読んだ完璧な答え。たとえダイエットで厳しい糖質制限をしていても、糖尿病の治療中であっても、きっと彼は同じことを言うだろう。

俺はまじまじと目の前の彼の笑顔を見つめた。

見れば見るほど、完璧な笑顔。

近頃めっきり見なくなったから、ある種の懐かしささえ感じる。

いや、普通に働いていて、というか生活していてこの笑顔を見ない生活って考えてみればどうなってるんだ。

ふとミヤビに視線をやった。眉間に皺《しわ》を寄せながら、いつも通り腰に手を当て肩甲骨のストレッチをしながら首をポキポキ鳴らしていた。おい、来客中だぞ。

道野辺さんが、コーヒーカップの載った盆を手に、音もなく現れた。

「どうぞ。ぜひ温かいうちに」

スッとソーサーをテーブルに下ろすと、最近見つけたケーキ屋で購入したであろうクッキーとお気に入りのチョコも置いて、ニッコリ微笑み立ち去った。

あれ、そういえば今のも営業スマイルなはずだ。でも目の前に座るこの人のものと、道野辺さんのものとはまるで違う。何がどう違うんだろう……。

「うわあ、いい香りだ」

一瞬華やいだ彼の声にハッとした。そうだ、今はこの人に集中しないと。

「今日の豆はブルーマウンテンで、彼の一押しなんですよ」

俺は道野辺さんを視線で示した。道野辺さんはニッコリお辞儀をしてくれた。

「実は、さっきこの中に入った瞬間からすごく芳《こう》ばしいコーヒーの香りがするなと思っていたんです」

西園寺さんは少し気恥ずかしそうに道野辺さんに会釈を返した後、そそくさとカップに手をつけた。さっきまでの完璧な笑顔とは明らかに表情が違った。

「西園寺さまは、コーヒーがお好きなんですか？」

彼は胸いっぱいに香りを吸い込むと、「好きが高じて、学生時代、コーヒーショップでアルバイトしていたくらいです」と、カップに口をつけた。

「うわ、うまいな」

呟くように言ったその声は、この部屋に入ってきてから聞いていた張りのある完璧な声とはほど遠く、しかし一番心地よい響きがした。

西園寺さんがコーヒーを愉《たの》しんでいる間に、俺は改めて受け取った名刺に目を通した。

「四葉《よつば》物産の営業をされていらっしゃるんですね。さぞかし激務でしょう」

「いやあ、もう慣れました。勤めて十五年も経《た》ちましたので」

西園寺さんはまだ笑みを携え、カップから立ち上る香りを堪能《たんのう》していた。

俺は事前にネットで記入してもらった資料に目を通した。

「現在のご年齢が……三十七歳」

勤めて十五年ということは、新卒で入社してから一筋で勤めていたのであろう。

「あれ……」

俺は備考欄に目をやった。

「ご実家はあの、月花堂《げっかどう》さんなんですね」

「えっ！」

後ろからミヤビの声が聞こえた。声、でかいよ。

「月花堂ってあの、神楽坂《かぐらざか》にある老舗の和菓子屋さん⁉ オレ、大ファンッスよお」

ミヤビがなぜか会話に参入してきた。

「ありがとうございます。小さい店なのに知っていただいて」

西園寺さんが恐縮したように言った。

「いや、それがいいんスよお。知る人ぞ知る名店っていうか？ マジで月花堂とか知ってるといい男指数爆上がりッスよ」

ミヤビをいさめようと思っていると、珍しく道野辺さんも参加してきた。

「確かに、知る人ぞ知る名店という言葉が相応《ふさわ》しい老舗ですね。何を隠そう、私も月花堂さんの和菓子に目がないのですよ。次の休みにさくら餅を買いに伺おうと思っていたところです。あの繊細な甘さの餡《あん》と桜の葉の塩梅《あんばい》が最高です」

「ああー、さくら餅いいッスねぇ。オレは秋限定の栗饅頭《くりまんじゅう》がやべーくらい好きでぇ。オレ、ケーキの中でモンブランが一番好きなんスけど、月花堂の栗饅頭だけは、モンブランにも太刀打ちできるッスよね」

二人があまりにテンション高く話すので、俺の額にはなんだかいやな汗がじわっと滲《にじ》んだ。実は俺は月花堂さんの和菓子を食べたことがない。有名店なので名前は知っていたが、わざわざ店舗まで買いに行くほどそもそも和菓子に興味がないのだ。

「修司さん、食ったことあります？」

ミヤビが笑顔で俺のほうを向いた。やめてくれ。どうしてこいつはこういつもピンポイントで人の嫌なところを突いてくるんだ。

「あ、俺も前に確か一度……」

こちらの作り笑顔も、食べたことがない事実も、きっと西園寺さんにはバレバレだろう。恥ずかしかった。西園寺さんは、そんな俺を見てニコリと微笑んだ。

「では次回、さくら餅をお持ちいたします。ちょうど先週から始まったばかりですので」

「そんなお気を――」

と言いかけた俺の声はミヤビの声にかき消された。

「マジっすかー！　やったぁ！　道野辺さん、ラッキーッスねえ」

「私も、次の休みには行列に並ぶ覚悟でしたので、いやはやありがたいですねえ」

道野辺さんまで……。

俺はコホンとわざとらしく咳払《せきばら》いすると「では、そろそろ本題に入りますので」と、引きつった笑顔をミヤビへと向けた。

ミヤビと道野辺さんは首をすくめながら去っていった。

「すみません、騒がしくて」

西園寺さんは、ニコニコ笑いながら「とんでもない。お陰で緊張がほぐれましたよ」と言った。やっぱり完璧な返しだった。

「では改めまして、本日のご依頼内容をお伺いいたします」

俺が姿勢を正すと、西園寺さんの顔にもいくらか緊張が走った。

「実は……その月花堂のことなんです。月花堂は私の父が一代で築いた店なのですが、父が急に店を畳むと言い出しまして」

「えーっ！」

ミヤビと、道野辺さんまでもが同時に叫んだ。この二人は……。

「すみません……騒がしくて」

「いえいえ」

西園寺さんの顔から再び緊張の色が消えた。

背後で二人が固唾を飲んでこちらを見守っているのが手に取るようにわかる中、俺は話を進めた。

「なぜ急にそういったお話に?」

「それが、父はとても頑固と言いますか、昔ながらの職人気質《かたぎ》の人間でして。最近どうにも体調がすぐれないことがあるらしく、このままではいつか急なことでお客さまに迷惑をかけてしまうかもしれない、と。そうなる前に店を畳みたいと言い出したんです。本当に急な話で、私もびっくりしてしまいまして」

「なるほど。体調がすぐれない、と。確かに和菓子作りは体力もいりそうですね。知識がないのでただの想像でしかなく申し訳ないのですが、この前たまたまテレビであんこを作っているのを見て。すごく大変そうでした」

「そうなんです。案外力仕事も多くて。体力は必須だと思います。おそらくほかのお店なんかでは、体力仕事を若い連中に任せたりうまく役割分担するんだと思うのですが、父はなんせ完璧主義と言いますか、全部ひとりでやりたがるので」

「こだわりが強い職人さんなんですね」

西園寺さんは眉をひそめた。

「強すぎてもう、性格も頑固だし……」

西園寺さんははあーと溜息をついた。

「それで、今回の依頼なんですが」

「はい」

俺は改めて少し姿勢を正した。

「実は帝急《ていきゅう》百貨店から出店の依頼がきたんです。それはもうずっと前からある話なのですが、先日初めて先方から、機械を導入するなら資金を貸し付けるという打診があったのです。といいますのも、出店するなら販売個数は増やさなければいけませんから。その代わり、催事を含め他の場所へは一切出店しないという契約で。それを差し引いてもとても良《い》い条件の話です。このタイミングで少し機械に頼って、その間に弟子でもとって引き継げば、月花堂の名は確実に残ります。そうすれば父は力仕事を引退し、監修に回れる。一生和菓子屋として生きていけます。私はぜひそうしてほしい。しかし、いかんせん肝心の父が首を縦に振らない」

俺は「なるほど」と頷いた。

「だから、なんとか父を説得してくれませんか？　和菓子職人という舞台から降りようとしている父を、再度舞台へ引き戻してほしいのです。隠居するにはまだまだ早いんです。仕事一筋に生きてきた男がそれを失うとなると……。それで……あの、やっぱりこういう言い方をしたほうがいいですよね」

「はい？」

西園寺さんは、きちんとアイロンの掛けられたハンカチをスーツのポケットから取り出して、ここへきて額に滲んできた汗を拭った。

「父を、その……ヒーローにして、いや……ヒーローを辞めさせないでやってください。父は頑固で意固地な性格ですが、和菓子を作る父の背中は、私にとっては昔っからヒーローそのものなのです」

俺はその姿を微笑ましく見つめた。

「なるほど。依頼内容、しかと受け取りました。ところで一つお聞きしたいのですが」

「はい、なんでしょう」

「西園寺さまご自身は、お店を継ぐおつもりはない……のですよね？」

西園寺さんは神妙な表情で「はい」と頷いた。

「恥ずかしながら、父から許可がおりませんでした」

「ということは、西園寺さまご自身には、そのつもりもある、ということでしょうか」

「考えなくはないんですが、以前、父に私もやぶさかでないとの旨を伝えた際は、『お前は昔っから和菓子が嫌いなくせに何言ってやがる』と、取りつく島もない状態でしたので」

「えっ！　和菓子、嫌いなんスか⁉」

我慢できなくなったミヤビが後ろから吠《ほ》えた。

「嫌いなわけではないんです。ただ、幼い頃からずっとあんこの匂いに囲まれた生活をしていると、どうも違う刺激が欲しくて。厳しい親父《おやじ》への反抗心もあったのか、学生の頃コーヒーにはまって、コーヒーショップでアルバイトを始めたことを、いまだに親父は根に持っているんです」

初めて西園寺さんの口から「父」ではなく「親父」という言葉が出た。きっとご自身でも気づいていないだろうが、少し心が見えた瞬間だった。

「なるほどぉ。でも、ま、大丈夫ッスよ。うちの修司さん、こう見えても割と優秀ッスから」

ソファの肘掛けに腰かけたミヤビが、俺の肩をポンッと叩いた。

『こう見えても割と』は余計だ。

「はい、大丈夫です。西園寺さま。私がお父上のヒーロー引退を止めてみせます」

西園寺さんは、ほっとしたような表情を浮かべた。

「どうぞ、よろしくお願いいたします」

西園寺さんは、頭を深々と下げた。

事務所の電話受けつけは十七時まで。今日は依頼者の面会予約もなかったので、十七時ちょうどにパソコンの電源を落とし、俺はその足で月花堂へ向かうことにした。何はともあれ一度この目で店を見て、商品を食べてみたいと思ったのだ。店へ向かうと告げると、なぜか道野辺さんとミヤビもついてきた。月花堂の営業は十八時までとHPにあったが、餡がなくなると終わってしまう。急いで事務所を後にした。

十七時四十五分頃、月花堂に着いた。残念なことに店はもうすっかり閉まっていた。諦めて帰ろうかと思ったとき、店の中から大きな声が聞こえた。

「だから、一度話を聞くだけだと言ってるじゃないか！」

先ほど事務所へきた、西園寺さんの声だった。

恐る恐る店内を覗《のぞ》いた。カウンターの奥が厨房《ちゅうぼう》になっているらしく、そこで二人は言い合いをしているようだった。

「機械でこねたあんこなんて、オレぁ絶対に売らねえ！」

外に話が丸聞こえではまずいのではないだろうか。声が漏れていることを知らせようと、俺は店先から中へ向かい「すみませーん」と声をかけた。二度ほど声をかけたが、聞こえないのか返事はなかった。

「お客さん？」

振り返ると、通りすがりらしき高齢の男性がいた。

「今日はもう売り切れだよ」

「お店の方ですか？」

俺の問いに、老人はカッカッカと笑った。

「お店の方じゃねえよ」

そう言うと彼は俺たちを手招きして、店の横へ回り込んだ。そこには、知らなければ見落としてしまいそうなほど小さい勝手口があった。

「こっちにも扉があるんですね」

俺が言うや否や、彼は扉に手をかけ、ガチャリと勝手に開けた。

「おーい、来客だぞ」

彼が頭だけを中に覗かせて言うと、中から「はいよ」という声と、人の向かってくる気配がした。

勝手口の扉が大きく開き、中から眉間に皺を寄せた男性が現れた。俺たちを案内してくれた老人は、役目を終えたとばかりにさっさと去ってしまった。

男性は眉間の皺を深くし、俺たち三人を怪訝《けげん》な表情で眺めた。

「デパートの……やつらじゃ、ねえなあ」

彼は明らかにミヤビに視線をやった後、そう言った。

「あの、突然すみません。店の外まで声が漏れていたもので……」

俺が名刺入れを出そうとスーツの胸ポケットに手を入れると、後ろから「親父、どなた？」と西園寺さんが顔を出した。

「田中さん！　……と、皆さんも」

西園寺さんは驚いたように目を見開いた。

「すみません、突然お邪魔してしまって」

こじんまりした店内には、大きな商品カウンターがあり、その奥が厨房のスペースになっていた。勝手口の横あたりには、小さな喫茶スペースのような長椅子とテーブルがあった。確かサイトには現在は店内での飲食はできないと書かれていたが、以前使っていたスペースだろうか。そこに通され、俺は恐縮しながら出されたお茶に「いただきます」と口をつけた。

「これ、よろしければどうぞ」

テーブルに差し出されたものを見て、ミヤビと道野辺さんが華やいだ声を出した。

「うわー、マジッスかー。やったぁ！」

「これはこれは……、なんと美しい松葉色」

それぞれの前には、塩漬けされた桜の葉に包まれ薄桃色の皮に餡を忍ばせた、可愛いさくら餅が鎮座していた。

これが噂《うわさ》の月花堂の和菓子か。

先ほど空いた時間に月花堂のことを調べてみた。若者の多いSNS上でも評判は非常に高く、先週発売を始めたばかりにもかかわらず、さくら餅の写真はもうすでに数多くネット上にアップされていた。

「ありがとうございます。それでは、遠慮なくいただきます」

俺は早速、さくら餅に和菓子切りを入れ、口に運んだ。

その上品な見た目に反することのない、上品な甘さの餡と桜の葉の塩加減。

「これは……絶妙ですね」

和菓子をさほど食べない俺でも、二つ三つ食べてしまいたくなるような、なんとも後を引く味だった。美しいさくら餅を小さめの一口大に切り分け、続けてお茶を口に含むと、そのほんのりとした苦味とのバランスで更に食が進んだ。

特段言葉を発することなくあっという間に食べ終えて、俺は最後にお茶を口にし、ほっとひと息ついた。

ふと見ると、西園寺さんが正面に座って微笑みながら俺たちを見ていた。

「すみません……夢中でいただいてしまいました」

俺は少し恥ずかしくなり、慌てて姿勢を正した。

「本当に美味しくいただきました。ご馳走さまです」

「ほんと、もうサイコーッスよ。マジ感謝ッス」

道野辺さんとミヤビも口々にお礼を述べた。

「いえいえ。お口に合ったようで何よりです」

西園寺さんは柔らかい笑顔で言った。その微笑みは事務所で見せた営業スマイルとは違い、心からのものに見えた。

「あんた……よく来てくれてるだろ」

横から野太い声がした。

「親父、そんな言い方」

一瞬で西園寺さんの眉間に皺が寄った。

「おや、私をご存じでしょうか」

道野辺さんがニコリと微笑んだ。

「馴染《なじ》みの客の顔くれえ、覚えてるよ。毎度どうも」

親父さんは俺たちの前に急須を置きながら、少々ぶっきらぼうに言った。

「ですが、私は店主をお見かけしたことがないように思います」

「奥からたまに覗いてんだよ。そうしなきゃ、馴染みの顔がわかんねえじゃねえか」

「それはそれは、まさに職人芸」

「そんなことが職人芸であってたまるかってんだ」

親父さんがニヤリと笑った。

「親父、失礼だろ。お客さまにそんな口の利き方するなよ」

西園寺さんは、空になった俺たちの煎茶碗《わん》に茶を注ぎながら、表情を険しくした。

「なーにがお客さまだ！　裏では客客言ってるくせによ。そういうところだよ！　お前が客商売に向いてねえのは。真心ってもんがねえんだ！　機械と手作業が同じだと？　ふざけんじゃねえや」

「今はそんな話、してないだろう！」

あっという間に喧嘩《けんか》が始まってしまった。

「それに、別に全部機械が作るわけじゃない。職人がそばについて作ることは変わらない。ただ力仕事を機械が代わりにしてくれるだけだよ。味だって変わらないよ」

親父さんはジロリと西園寺さんを一瞥《いちべつ》すると、これ見よがしにハアーと溜息をつき、

「話になんねえ」と言い捨て、去ってしまった。

「すみません……。みっともないところをお見せして」

西園寺さんは、途方に暮れたような顔で肩を落とした。


その翌日、五時頃には営業が終わっていると言われ、俺は五時半頃、月花堂を訪れた。月花堂の前まで行くと、すでに店の灯《あか》りは消えていた。勝手口に近づくと、また怒鳴り声が聞こえた。相変わらず外まで丸聞こえだ。

俺は勝手口の横にある昔ながらのブザーを押した。懐かしいブーッという音に答えて中から返事があった。

「わざわざお越しいただいてありがとうございます」

西園寺さんは、昨日座ったのと同じ場所に俺を通してくれた。

「今日は少しお父さまのお話も伺おうかと思いまして」

「話は通してあるので、今呼んできます」

そう言って西園寺さんは去った。待っている間、俺は出された饅頭に手をつけた。これまた餡が絶妙で、皮はしっとりしていて、餡と重なり口の中でほろほろとほどけるような、まさに絶品の饅頭だった。それを堪能していると、親父さんは昨日のように眉間に皺を寄せてやってきた。西園寺さんは親父さんを俺の前に座らせると、自身はその隣に少々うんざりした表情で腰を下ろした。

「親父の話が聞きたいって、わざわざ来てくれたんだ」

「改めまして、田中修司と申します」

俺は親父さんに名刺を手渡した。親父さんはそれを見て、ふーっと溜息をついた。

「わざわざ来てもらって申し訳ねえが、オレぁ話すことはないんだ」

「だから！　そういう言い方をするなって言ってんだよ」

今日の西園寺さんはすでにヒートアップしているようだった。ヒーローズへの依頼を親父さんに説明しただけでうんざりしているのだろう。

親父さんは鋭い眼光で俺を真っすぐ見た。

「田中さん、ここはオレの店だ。オレが好きなようにするよ。せがれが迷惑かけたが、依頼とやらは断ってくれて結構だ」

西園寺さんが「あー」と声を上げ、がっくりと首を折った。

「それならせめて、弟子を取れよ。そうすれば機械を入れなくてもなんとかなるかもしれない」

「そもそもオレぁデパートになんて出店しねえんだよ！　だから作る数も増やさね

え！　よって、弟子も取らねえ」

「それで店を畳んじゃ元も子もないだろ！」

「店はオレができなくなった時点で終わりだ。最初からそのつもりだった」

「客は？　楽しみにしてくれてるお客さんはどうするんだ！」

「馴染み客の分くれえは作ってやるよ。あれだ、予約制にしてやりゃあいい。前日に玄関前に言いにくりゃあ、いくらでも作ってやる。それなら店も開けずにやれる。お前に言われなくたってなあ、オレだって客のことは考えてんだ！」

「それじゃ、経営にならないだろ！」

さすが、本気の親子喧嘩だ。他人が口を挟む隙は、とてもじゃないがなかった。

「馴染みはもうジジババなんだから、そのうちみんな死んじめえよ」

「若い客だっているだろう！」

「あんなのは馴染みじゃねえ！　最近では行列までできやがって、あれじゃあ馴染みのジジババは買う前に列で干からびてくたばっちまうだろうが！」

「客はみんな平等だろ？」

「いーや、違う。馴染みのやつらの血はもう半分オレの作ったあんこでできてやがる。それが食えなくなったらくたばっちまう」

「血が半分あんこだったら糖尿病で死んじまうよ！」

「たとえがわかんねえのか！　勉強できても頭ん中は数字ばっかりだよ！　このバカ息子が！」

「勉強ができて何が悪い！　親父の時代とはワケが違うんだ！」

なんともテンポの速い掛け合いに、俺は止める間さえ見つけられなかった。どうしようかとオロオロしていると、「源《げん》ちゃーん」と、勝手口の外から声がした。

「はいよ！」

親父さんは光の速さで勝手口へ向かった。

「取り込み中かい？」

「いいや、問題ねえ」

「今日、何か余ってるかい？」

「おうよ。さくら餅があと二つあるぜ」

言いながら、もうさくら餅を包んでいた。

「お、さくら餅たぁラッキーだね。じゃあ、二つとも貰《もら》うよ」

「まいど」

それと同時に商品をお客さんに手渡した。客のほうも手慣れたもので、すでに用意していた千円札を親父さんに渡した。

「ほらよ、四百万円」

勝手口の横にある台の上にはざるが置かれていた。親父さんはそこへ手を伸ばし、感覚でわかるかのように中の釣り銭を取ると、お客さんの手のひらに落とした。

「ありがとよ」

お客さんは短くそう言うと、一歩一歩杖《つえ》を突きながらゆっくりと去って行った。

「和菓子ひとつで三百円。二つで六百円の贅沢《ぜいたく》だ」

親父さんは振り向くと、いつもより小さい声で言った。

「商品があってもお店を閉めることもあるんですね」

俺の問いに、親父さんは千円札だけレジの中にしまいながら答えた。

「最近じゃ商品はだいたい四時には売り切れる。常連はその後にこうして買いにくんだ。だから、あんたらがきたときも商品残ってたろうよ」

言われて思い出した。確かに、俺たち三人が急に訪れたときも店は閉まっていたが、西園寺さんはさくら餅を三つ出してくれた。

「実際の営業はだいたい四時には終わって、そこから六時までは常連のための時間みたいなもんですよ」

西園寺さんは溜息をつきながら言った。

「何がわりぃんだ。この守銭奴が」

「俺は店の経営を心配してるんだ！」

店を存続させるために経営の心配をする西園寺さんと、店の存続には重きを置いていない親父さん。これではどこまでいっても平行線だろう。

「あの、西園寺さん」

俺の呼びかけに、二人が同時に俺を見た。俺は息子のほうの西園寺さんに話しかけた。

「少しだけ、お父様と二人でお話ししてもよろしいでしょうか」

きっと、お互い顔を見ては素直になれないこともある。親父さんの正直な気持ちを聞いてみたかった。

西園寺さんは「わかりました」と、立ち上がった。それと入れ替わりに、親父さんが俺の前に座った。

「では、よろしくお願いします」

西園寺さんは、そう言い残しその場を離れた。

俺は改めて親父さんと向き合った。

「まずは、美味しい饅頭をご馳走さまでした」

俺が頭を下げると、親父さんは少し眉頭を上げた。

「本当に、本当に美味しかったです。僕は……正直に言いますが、和菓子をそれほど食べたことも、自分で買ったこともなくて」

「若え人《わけ》はそうだろうな」

そう言って親父さんは茶をすすった。

「和菓子屋さんにこんな言い方失礼かもしれませんが、饅頭がこんなに美味しいものだって、たぶん今日初めて知りました。感動しました。並んでも食べたいって思いました。息子さんが、この月花堂を残したいと強く思う気持ちが少しわかりました。僕だって、もし僕の親がこんなに美味しいものを作れたら、少しでも長くこの世に残したいと思うでしょうから」

親父さんは湯飲みを置き、「田中さん」と、俺の目を見た。俺も「はい」と親父さんの目を見つめ返した。

「大事なのは裏なんだよ。客から見えねえ裏の顔だ。真心ってのは、目に見えねえ。だから、込めるしかねえ。一つの手間に、一つの作業に、一つの商品に。ただ、地道に込めていくしかねえんだ。あいつにはそれがわからねえ。見えなきゃなんでもアリだと思ってやがる。だから簡単に機械を入れるなんて言いやがる。その心根が、オレはでえっきれえだ」

そう言いきると、親父さんは目を伏せてまたズーッとお茶をすすった。


それから俺は、たびたび月花堂を訪れた。十九時前だと西園寺さんは仕事でまだ帰っていない。俺は必ず十八時半頃に訪れ、常連さん用に置いてある商品の更に余ったものを買わせてもらった。親父さんは、その時間ならまだ厨房にいた。

「こんなに和菓子買って、どうすんだ」

「この年になってうまさを知ったからか、ハマっちゃって。すみませんたびたびきて」

親父さんは、これ見よがしにはあーっと溜息をついた。

「いくらきたって、オレの考えは変わらねえぜ」

「わかってますよ。僕はただ、買いにきているだけです」

親父さんはまた、はあーっと、大きな大きな溜息をついた。

「ただ、今日はちょっとお願いがありまして……」

「ほら見ろ。なんだよ」

親父さんはうんざりした視線を俺に向けた。

「実は明日……」

俺が話を始めたところだった。

「大将――」

勝手口にいた俺の後ろのほうから、呼ぶ声がした。振り返ると、少し離れたところから年配の男性が親父さんを呼びながら近づいてきていた。

「珍しいなこんな時間に」

親父さんが呟いた。

「おう、島《しま》さんどうした」

島さんと呼ばれた男性は、急いできたのかハアハアと呼吸を乱しながら勝手口までくると、戸にもたれるように手をついた。

「遅くにわりいな。ちょっと頼みがあってよ。……お客さんかい？」

元気のない、暗い声だった。

俺は「いえ、大丈夫です」と少し離れた。島さんは「悪いね」と、やはり元気なく呟き、親父さんに向き直った。

「実は今朝、母ちゃんが死んじまってよ」

「そりゃあ……ご愁傷さま……」

一瞬詰まった、親父さんの辛そうな声がした。島さんは続けた。

「明日は友引だもんで、葬式は明後日《あさって》になった。急なんだけどよ、葬式饅頭作ってくれねえか？」

「わかった。どれくらいいる？」

「百五十ほど頼めねえかな。親戚やらにも配りてえし、ここら商店街の人らはみんなくるだろうからよ。急だけどよ。いけるかい？」

「ああ、問題ねえよ」

「わりいな。母ちゃんが月花堂の饅頭大好物だったからよ」

「ああ、知ってるよ。特に粒あんが好きだったな」

「そうそう。母ちゃん、粒あんはここの饅頭しか食わなかったんだよ。ああ見えてグルメだったからなあ。根っからの甘党でよぉ」

「そうかい」

「ああ、思い出しちまった。すまねえ」

島さんの声が、揺れた。

「今から泣いてちゃ、ダメじゃねえか」

親父さんの声は、深く優しかった。

「そうだな。しっかりしねえとな。寂しがる暇もねえよ。俺もすぐにいくからよ」

「バカ言ってんな」

「ただ、母ちゃんが先とは思わなかったからな……」

「そうだな」

「普通は女のほうが長生きするじゃねえか、なあ」

声は再び、大きく波打った。

「……そうだな」

親父さんの声も、辛く歪《ゆが》んだ。

「そうか……大将とこも、母ちゃんがうんと先だったもんな」

「ああ」

「先立たれるのはよ、つれえもんだな」

「ああ……」

その後、しばらく二人は言葉を交わし、島さんは帰った。

「すまねえ、待たせちまいまして。ええと、何の話だったかな」

島さんのことには触れず、親父さんは何事もなかったかのように言った。

「あ、それなんですが……」

「まあ、中に入んなよ。茶ぐれえ出してやる」

親父さんは、俺を招き入れてくれた。

茶ぐれえ、と言いつつ、やはり親父さんは和菓子も出してくれた。今日のはきんつばだった。小豆《あずき》の粒がほろほろしていて、宝石のように光り輝いていた。親父さんは、いつもより物憂げな顔で茶をすすっていた。

俺は少々躊躇《ちゆうちよ》しつつも、親父さんに話し始めた。

「実は、今日訪れたのには理由がありまして。息子さんが明日、帝急百貨店の方とお会いになるそうです。それで、明日は定休日だから、店主にもくるよう一緒に説得してくれと、頼まれておりまして」

「それでわざわざ。ご苦労なこった」

親父さんは小さな声で言い、目を伏せた。

「けどな、さっき聞いての通り、明日は葬式饅頭作らなきゃなんねえ」

「はい。こんなこと言ったら息子さんに叱られそうですが、僕も、明日は饅頭作りに集中してほしいと思ってしまいました」

親父さんは意外そうな顔をした。

「そうか。あんた、せがれよりよっぽど話がわかるな」

親父さんは、初めて少し表情を緩めて言った。

そのとき、勝手口のドアがガチャッと開いた。

「何度もごめんよ」

先ほどと同じ声がした。

「おう、どうした」

島さんだった。親父さんは急いで駆け寄った。

「肝心の金が、いくらか聞くの忘れちまったよ。ボケてやがるな」

島さんはしょぼくれた表情で力なく笑った。

「金はいらねえ。うちからの香典代わりだ」

その言葉を聞いた俺は、驚いた。百五十個の饅頭は一体いくらになるんだろう。

「そんなわけにはいかねえ。あんたとこだって商売なんだから」

「明日は定休日だから、商売じゃねえよ」

「そんな……」

島さんは顔を歪ませた。

「いいから。そのぶんで余計に花でも飾ってやんなよ。花が好きな人だったろ」

「なんで知ってんだい？」

島さんが驚いたように言った。

「花の和菓子がある日は、そりゃあ嬉しそうに買ってくれたよ」

「そうか……あいつ、見た目に似合わず花が好きでな……」

「たくさん飾ってやりなよ。最後の餞《はなむけ》じゃねえか」

「ありがとよ……」

「そのかわり、これからも月花堂を贔屓《ひいき》にしてくれよ」

親父さんは、島さんの肩にポンと手を置いた。

「もちろんだよ。もう二度とほかの店の饅頭は買わねえよ。俺は死ぬまで月花堂の饅頭しか食わねえよ」

島さんの声は涙に濡れていた。

「あんたは長生きして、たくさん買ってくれよ」

「わかったよ……大将、ありがとう。……ありがとうな」

何度も礼を言って、島さんは去った。

親父さんは一度俺のところへ戻ると「せがれが帰ったみてえなんで、ちょっと呼んできますわ」と去った。ほどなくして、西園寺さんが現れた。

「明日、デパートのやつらと話し合いらしいな」

親父さんがぶっきらぼうに言った。

「そうなんだ。田中さんから聞いてくれたのか」

西園寺さんの瞳に期待がこもった。

「オレぁいかねえ」

「どうして！」

「島さんとこのおかみさんが死んだ」

西園寺さんは一時口をつぐみ、「……そうか」と呟いた。

「明日は葬式饅頭を作らなきゃならねえ」

「……でも、一時間くらい、なんとかなるだろう？」

ためらいつつも、西園寺さんは食い下がった。

「ダメだ。百五十いるんだ。出かけてる時間なんてあるかよ」

西園寺さんは「そんなに？」と眉間に皺を寄せた。

「うちは島さんとこにはずーっと世話になってんだ。開店当初からずっとだ」

「それは、わかってるけど……」

「いいや、わかっちゃいねえ」

親父さんの語気が強まった。

「……一人でそんなに大量に作れるのか？　百五十だろ？　体調も良くないのに。俺は仕事で手伝えないよ」

「あほくせえ。やれねえわけねえだろ」

親父さんは吐き捨てるように言った。西園寺さんは、それ以上声を発さなかった。

「そんなわけで、田中さんにももうお帰りいただく」

親父さんは俺に振り返り「すまんかったな」と言い残すと去ろうとした。

その背中に僕は「あの！」と呼びかけた。振り返った親父さんに向かって腰を深く折り曲げた。

「明日、僕にも何かお手伝いさせてください」

顔を上げると、親父さんは面食らった顔をしていた。

「もちろん和菓子作りではなくて、重い物を運んだり、何か買い出しに行ったり、そういった雑務だけで結構ですので」

親父さんは理解できない、といった表情で「なんでまた……」と呟いた。

「実は、僕には高校三年になる従兄弟がいるんですが、彼が来年、進学するか就職するか悩んでいまして。そんな話をしているうちに、僕自身も色々と思うところがありまして。彼にアドバイスするためもありますが、僕自身の人生を考えるためにも少しでも色々な仕事に触れてみたいと思ったんです。見ているだけでも結構です。決してお邪魔はしません。どうか、お願いできませんでしょうか」

親父さんはしばらく悩んでから「その高校生には進学しろって勧めてやれよ。時代的にもそうほうがいいだろ」と言った。

「僕もそう思うのですが……」

俺は躊躇しつつも、千紘の境遇のことを話した。

親父さんはただ黙ったまま俺の話を聞き、ふうと小さく息を吐いた。

「明日、もし時間があるならその坊主も連れてきなよ」

「ありがとうございます！」

俺は再び、腰を九十度近くまで折り曲げた。

翌日、俺と千紘は朝から月花堂の前にいた。勝手口のブザーを押すと、中から親父さんが顔を出した。俺は「今日は、よろしくお願いします！」と頭を下げた。千紘も緊張した面持ちで頭を下げた。

親父さんはじっと俺たちを見た後、「ま、入りなよ」と背を向けた。

厨房の中に入ると、すでにあんこの甘い香りがしていた。朝は何時から作業をしていたのだろうと俺は舌を巻いた。中を見回すと、厨房設備は古く見えるも、どこもかしこも丁寧に磨き上げられていた。

「箱を作ってくれると助かる」

親父さんはぶっきらぼうに、段ボール箱を指さした。その中には折り目のついた厚紙が入っていた。

「はい！」

俺と千紘は同時に返事をした。

「触る前に、手を洗って消毒だ」

「はい！」

その後、俺たちは黙々と作業をした。箱を百五十個作り終わるまで、お互いに声をかけることはなかった。

「終わりました」

千紘が声をかけると、親父さんは「おお」と、ちらりと箱に目をやった。口は開かなかったが、親父さんは途中何度か、俺たちの作業を横目で確認していた。

「ご苦労さん」

「他には何かありますか？」

親父さんは少々考えた後、「包装はしたことあるか？」と尋ねた。

「包装は……ないです」

千紘が答え、俺も続いて「僕もないです」と答えた。親父さんは「見せてやるから、饅頭ができるまで練習しとけ」と包装紙を取り出し、箱を一つ包み始めた。まるで魔法のような動きだった。

千紘が「すごい、早い」と感嘆の声を上げた。

「手先が器用だよね。動きが滑らかというか」

親父さんのごつい手先は、とても繊細に動いていた。

親父さんは、俺たちの言葉には答えず、「わかったか？」と包んだ箱を置いた。

「折り目がついた紙で練習して、できるようになったら一度新しいので包んで、見せてくれ」

親父さんは饅頭を作る作業へと戻った。

見せてもらったものの一度では覚えきれず、俺たちは何度か親父さんに質問をした。都度、親父さんはぶっきらぼうかつ丁寧に答えてくれた。

当初は力仕事を手伝えればいいと思ってここへ来たが、やはりというか当然というか、親父さんは和菓子作りに関する部分には一切手を触れさせてくれなかった。

練習している間、俺はずっと親父さんの背中を見ていた。きっと西園寺さんも、物心つく頃からずっとこの背中を見て育ったのだろう。どうしても店を潰したくない彼の気持ちが少しだけわかったような気がした。

饅頭はどんどん蒸しあがった。百五十個と思っていた饅頭は二個セットで、計三百個必要だった。

「ちょっと休憩するか」

親父さんは蒸したての饅頭を一つ、俺に手渡した。親父さんが何もないような顔で手に持っていたその饅頭は驚くほど熱く、俺は落としそうになった。親父さんは「貸せ」と、饅頭を千紘の分も皿に載せてくれた。

「座って食え。饅頭が冷めるまで休憩だ」

そう言って親父さんは湯飲みと急須をテーブルに置いてくれた。

「ありがとうございます」

俺たちはまだ熱々の饅頭をそっと手に取った。二つに割ると中からもほわりと湯気が上がった。たまらず齧《かぶ》りついた。

「うわ、うまい」

先に声を上げたのは千紘だった。俺も「うまいね」と続いた。本当に自然と声がでるほどうまかった。

しばらくして親父さんは、おにぎりとたくあんが載った皿をテーブルに置いた。

「こんなもんしかねえけど、まかないだ」

「ありがとうございます！」

俺たちは声を合わせた。時刻はちょうど昼時だった。

「できたては、また味が違《ちげ》えだろ」

親父さんは俺たちの前に座り、饅頭をひとつ齧りながら言った。

「はい。これ、どれだけお金を積んでも食べられないやつですね。めちゃくちゃ得した気分です」

俺がそう言うと、親父さんは「そんな大したもんじゃねえよ」と、眉間に皺を寄せた。

そうして勧められるがまま、俺たちはおにぎりを食べた。中は梅干しだった。ずっと甘い香りに包まれていたからか、その塩気がやけに旨《うま》く感じた。

「この梅干しもうまいですね。もしかして、家で漬けてますか？」

千紘が親父さんに声をかけた。

「よくわかったな」

親父さんは眉をくいっと上げた。

「なんとなく、買ったものではない気がして」

「カンがいいんだ。そういうのがわかる嗅覚みてぇなもんは、ある意味才能だよ」

「そんな大袈裟《おおげさ》な」

千紘は少し恥ずかしそうに笑った。

「大袈裟じゃねえよ。いいもんがわかるのは、ある種の感覚だ。第六感みてえなもんよ。言い換えればセンスだ。アイツにはそれがねえ」

「西園寺さ、息子さんのことですか？」

俺が尋ねると、親父さんは答える代わりに「まったくアイツはよ……」と呟いた。

「それはそうと、あんた、千紘だっけか。大学か就職か迷ってんだって？」

千紘は慌てて口の中のおにぎりを飲み込んで「はい」と頷いた。

「まだあと一年あるんだろ？　焦ることたあねえよ。勉強でも仕事でもやりたいことなんて、自然と見つかるもんよ。何事もきっかけ次第だ」

「親父さんはどうして、和菓子職人になろうと思ったんですか？」

千紘が尋ねると、親父さんは眉間に皺を寄せ少し目を伏せた。

「まあ、きっかけは……アレの母親だな」

西園寺さんのお母さんということか。

「アレの母親とは学生の頃からの付き合いだった。昔っからちょっと体が弱くてな。一度長いこと入院した。そのとき、急にさくら餅が食いたいって言い出してな。けれどもちょっと時期が過ぎてた。どこにも売ってなくて、仕方ねえから見様見真似《みようみまね》で作ってみた。元来凝り性だったからな。あんこから煮てやったよ。アイツはそれをいたく喜んでな。なんでさくら餅かって訊いたら『今年は桜を見にいけなかったから、そのかわりに』だと。確か、四月の半ばだったかな」

千紘の眉がぐっと下がった。俺はちらちらと千紘の表情を気にしていた。

「目からうろこが落ちたよ。和菓子で季節を感じられるんだなって。たとえ病室にいても、どこにいようとも、ほんの少し楽しくなって季節を感じられる。和菓子ってのはそういうもんだと気づいた。そこで考えたんだ。和菓子なら店をやれる。店をやればアイツも無理せず働けるんじゃねえかってな。オレぁ思い立ったら動かなきゃ気がすまねえ性質《たち》でよ。すぐに大学を辞めて住み込みで修行をして、同級生が就職する頃には小さな店を出した。ありがてえことにうちは代々の土地があったから、住まいの下を店に改築した」

西園寺さんは当時の思い出を嚙みしめるように語っていた。

「我ながらいい選択だったよ。常にアイツの様子も見ていられる。具合が悪けりゃ寝ていればいい。具合がよけりゃ、レジ打ちでもして店を手伝ってくればいい。要するに、オレらにとって都合のいい仕事だと思ったんだ。別に死ぬほど和菓子が好きだったわけでもなんでもねえよ。きっかけなんて、そんなもんだ」

千紘はずっと真剣な表情で、西園寺さんの話に耳を傾けていた。

「ただオレがラッキーだったのは、和菓子作りはオレの性《しょう》に合ってたってことだ。だからあんたらも、あんたらの性に合うことを見つけりゃいいよ」

「僕の……性に合うこと……」

親父さんはちらりと千紘に目をやった。

「オレから見りゃあ、客商売もあんたの性に合ってそうだけどなあ。あんた、人は嫌いじゃなさそうだ」

「人は嫌いじゃない、というか好きだと思います」

「マラソンも速いし、勉強もできるんだってな。選択肢が多いじゃねえか」

千紘が俺のほうをチラリと見た。一体何をどこまで話したんだと思っているに違いない。

「あの、これ結局僕の相談になってますよね。すみません」

「構わねえよ。オレも和菓子作ってばっかりで毎日退屈してんだ」

親父さんは千紘の目を見て言った。

「もうすぐ春休みだろ。いつでも話しにこいよ。バイトの真似事がしてえなら手伝わせてやるからよ」

千紘が驚いたように目を見開いた。

「そのかわり、時給は高くねえぞ」

千紘は満面の笑みで「はい！」と元気よく返事をした。

休憩が終わり、俺たちは親父さんも一緒に黙々と包む作業に入った。百五十箱を全て包み終わった頃には午後四時をまわっていた。

「すみません、僕ら結局二人で半分も包めなくて……」

「構わねえよ。充分、助かった」

親父さんはそう言って笑ってくれた。

「ほら、今日のバイト代だ」

俺が驚いて「いえ、いただけません」と固辞すると、親父さんは「そうはいかねえ」と封筒を俺の手に押し付けようとした。

「なら、現物支給ではいけませんか？　な、千紘」

俺は多めに作られて箱に入らず余っていた饅頭を見た。千紘も笑顔で大きく頷いた。

「これ、葬式饅頭だぞ」

親父さんが怪訝な顔をした。

「不謹慎ですかね……」

「ま、構わねえけどさ。食う前に、顔も知らねえばあさんの人生をちょっとばかり思ってやってよ。そうすりゃ島さんも喜ぶよ」

親父さんは大きめの箱に饅頭を十二個も詰めてくれ、俺と千紘にそれぞれ「ご苦労さん」と手渡した。

「ありがとうございます」

俺はそれを受け取ると、改めて紙袋に印刷された月花堂の文字を見た。

「月花堂の月花は、雪月花の月花、ですか？」

「そうだ。よく知ってるな」

「日本の美しい自然を詠んだ詩ですよね。日本の古き良き言葉だと思います」

親父さんが少し口の端を上げた。

「雪見に月見に花見。雪は冬だけだけどよ、月と花は日本全国どこにいようがいつでも見られるだろ。そんな当たり前の日常に、ちょっとした贅沢を添える。季節を味わう和菓子にぴったりの言葉だろ」

その顔は、とても誇らしい、覚悟と信念を持った男のそれだった。

「今日は本当にありがとうございました」

勝手口を出て、俺が改めてお礼を言うと、千紘が「あの」と口を開いた。

「あの……親父さんの奥さんは、あの……」

ずっと気になっていたのだろう。千紘がおずおずと尋ねた。

「ああ、先に逝ったよ。もう十年も前だな」

親父さんは優しい目でそう言った。

千紘は「そうでしたか……」と俯《うつむ》いた。

「一番食いたがるやつがいなくなって、もう店を畳んでもよかったんだけどよ。その頃には『俺のあんこじゃなきゃ食わねえ』って強情な馴染みができてたからな。ジジババの楽しみを奪うほど鬼にはなれねえな」

親父さんはハハッと笑った。

千紘がもう一度「あの」と言葉を発した。

「僕も……聞いたかもしれませんけど、僕の父親も先月……」

親父さんは「聞いたよ」と、千紘の言葉を遮った。そして、千紘の肩にポンと手を置いた。

「またきなよ」

千紘は「はい……」と呟いた。唇を嚙みしめているのが見えた。

「これ、父の仏前に供えます」

千紘は月花堂と書かれた紙袋を胸の前で抱いた。

「他人のための葬式饅頭供えられたら、親父さん混乱するんじゃねえか」

親父さんは驚くほど優しい瞳で千紘を見て微笑んだ。

千紘は目尻を下げ、泣きそうな顔で笑った。

勝手口を後にして、千紘は帰り道、何度も月花堂を振り返った。


それから数日後のことだった。千紘から電話がかかってきた。

「修司くん、あのさ」

千紘は楽しそうな声で言った。

「僕、春休みの間だけ月花堂でアルバイトすることになったんだ」

「えっ！　いつの間に!?」

「お店に電話して、本当にバイトしてもいいか訊いたんだ。そしたら、春休みはお客さんが増えるから接客と雑務の仕事ならあるって」

千紘の弾んだ声から嬉しそうな顔が思い浮かんだ。

「千紘、お前勉強は……」

「もちろん、ちゃんとするよ！　バイトだって毎日じゃないし、春休みの間だけだし、それほど長い時間でもないし。けど小遣い程度は稼げるし、ほらもうすぐ母さんの誕生日だから。今年は父さんの分も派手に祝ってやろうと思って。その資金だよ」

「そっか。まあ、それなら大丈夫か」

「それに……」

千紘が一旦、言葉を切った。

「それに、親父さん、めっちゃいい人だったし」

あまりに嬉しそうな千紘のその言葉に、俺はなぜだか胸騒ぎを覚えた。

短い春休みはすぐに終わったが、西園寺さんからの依頼は遅々として進んでいなかった。親父さんはやはり百貨店なんて見向きもしなかったし、西園寺さんにも諦めムードが漂っていた。

「難しいよね。店を有名にしたいって依頼ならある意味やりやすいんだけどさ。もう充分有名な店を、西園寺さんはもっと有名にしたくて、親父さんはこれ以上有名にはしたくないんだから」

「修司さん、やる気あるんスか？」

ミヤビに問われてドキリとした。

「あ、あるよ！　もちろん」

「そッスかー」

ミヤビは普段と変わらず、やる気のなさそうな顔で首をポキポキと鳴らした。

「なんで……？」

「いや、修司さんは、親父さんの意見に賛成なんじゃねーかと思って」

ミヤビは大きく伸びをしながら言った。

「それは……」

俺は言葉に詰まった。

「とにかく、今日もう一度西園寺さんと依頼の方向性について、話し合うから」

「ま、オレは月花堂がつぶれなきゃなんでもいいッスよ」

「私もです、修司くん」

気づくと、音もなく道野辺さんが隣にいた。

「もう、二人して、他人事《ひとごと》だと思って！」

でもそれは俺も同じ気持ちだった。月花堂がつぶれなきゃ、親父さんの好きなようにできるのが一番いい。そして、きっと西園寺さんだって、月花堂があり続けてほしい一心でここへきた。きっと、親父さんだって……。みんな、想《おも》いは同じはずなんだ。ただその方向性が違うだけで、とどのつまり、みんな月花堂が好きなんだ。

どちらが正解というわけではない。だからこそ難しい。

俺は一体、どうするべきだろう。いや、迷うべきではない。依頼人の願いを叶《かな》えるのが俺の仕事なんだ。

俺は一つ大きく、深呼吸をした。

西園寺さんは、約束の時間ぴったりにやってきた。そして、ソファに腰かけると、前のめりでこう言った。

「田中さん、百貨店の話ですが、返事を延ばしてもらおうと思ってるんです」

「そうですか」

俺は内心、とてもホッとした。

「ご存じだとは思いますが、千紘くんが月花堂にアルバイトにきてくれているんですよ」

「はい、僕も聞いてます」

西園寺さんも、ここへきて初めてホッとしたように表情を緩めた。

「親父もあれで責任感の強い人間なので、今無理強いしなくても近い将来、本気で月花堂のことを考え始めると思うのです。そのタイミングで改めて話し合いを持ったほうがいいかと思いまして」

話の流れが若干読めず、俺は黙って頷いた。

「もちろん千紘くんはまだ一年高校があるし、決まった話でもないのかもしれませんが、あの親父が弟子を取る気になっただけで大進歩ですから」

「えっ、えっ！　どういうことですか⁉」

俺は驚いて声を上げた。

「弟子って、まさか千紘のことですか？」

西園寺さんはきょとんとして俺を見た。

「あれ？　てっきり千紘くんから話を聞いているのかと。今日はそのことも伺おうと思ってきたのですが……」

「アルバイトは春休みだけの話で、しかも千紘の仕事は接客や雑務ですよね？」

俺は少々混乱した。西園寺さんは続けた。

「千紘くん、春休みが終わった後もバイトしてくれてますよ？　営業時間外には和菓子作りを教わっていて。その光景を見たときは、本当に驚きましたよ」

俺は千紘から何の話も聞いていなかった。

「私も二人から直接話を聞いたわけではないのですが、あの頑固な父が、彼に連日和菓子作りを教えているんです。高校を卒業したら、千紘くんが修行に入ってくれるのではないかと……。少なくとも父はそれを期待しているのだと思ったのですが」

一体どういうことだろう。

千紘はつい先日、勉強もマラソンも頑張ると話していたばかりなのに。

「とにかく、僕も一度千紘本人に状況を確認してみます」

俺がそう言うと、西園寺さんが「いや、ちょっと待ってください」と口を挟んだ。

「すみませんが、今はそっとしてやってもらえませんか」

俺は「なぜでしょうか」と尋ねた。

「親父はあの性格ですから、今弟子やらなんやらと突っついたら、また頑《かたく》なになって『弟子なんて取らねえ』なんて言い出しかねません。千紘くんがもし本当に興味を持ってくれているのだとしたら、その気持ちに水を差すことにもなりかねませんし」

「しかし……」

俺には、千紘のことを頼まれているという事情もある。

「もちろん、私も千紘くんを無理に誘うような真似はしません。親父もそれは決してしないと言い切れます。だからもう少しだけ、二人のやりたいようにさせてもらえませんか？」

西園寺さんは勢いよく頭を下げた。

「この通り、お願いします！」

俺は慌てて西園寺さんに「頭を上げてください」と言った。

「これは親父にとって、本当にすごい変化なのです。もし千紘くんがこの道を選ばなかったとしても、これをきっかけに弟子を取ろうと考えを改めてくれるかもしれません。これはもう、親父にとっても月花堂にとっても、最後のチャンスだと思うのです」

月花堂にとって——そう言われてしまっては、反対などできない。

俺はやむを得ず「わかりました」と話をのんだ。

「ただ、僕にも少々事情がありまして……。依頼とは関係なく従兄弟として個人的に千紘の相談には乗ろうと思っています。それはお許し願えますか？」

西園寺さんは真剣な表情で大きく頷いた。

「もちろんですよ。私も千紘くんにはちゃんと将来のことを考えてほしいですし、後悔するような道は選んでほしくありません」

俺は「ありがとうございます」と頭を下げた。

和菓子職人を目指すことが、悪いことだとは思わない。千紘が本当に〝この世界に入りたい〟と思ったのなら、何も問題はない。

ただ、その理由が〝あの親父さん自身〟であるのなら……。

俺の心に、言いようのない不安が渦巻き始めた。


その週末、俺は店を訪れた。千紘は土日にくると西園寺さんから聞いていた。陸上部の練習はないのだろうか。それとも休んでバイトにでているのだろうか。

週末だけあり、月花堂の店の前には長い行列ができていた。

行列の横からガラス張りの店内を覗くと、千紘の姿があった。

千紘は笑顔で接客していた。商品を包み、レジで会計もしている。厨房から親父さんも顔を出した。千紘に何やら声をかけると、千紘は屈託のない笑顔を浮かべた。まるで仲の良い親子に見えた。千紘は本当に楽しそうだった。

俺は一旦そこから離れた。忙しい中邪魔をしてはいけない。いつも餡がなくなる午後四時を待って、俺は再び月花堂を訪れた。思った通り、店は閉まっていた。

それを確認すると、勝手口のほうへ回った。微かに緊張していた。

中からは明らかに人の気配がした。俺は古いブザーを押した。

ブーッと音が鳴り、勝手口がガチャリと開いた。

顔を出した親父さんは俺を見て、さほど驚いた様子もなく「おう」と気さくに迎えてくれた。中を覗き込むと、厨房にはこちらに背を向けたままの千紘がいた。

「少しだけ、お邪魔してもよろしいでしょうか」

親父さんは「おうよ」と、俺を招き入れてくれた。

俺が厨房に足を踏み入れても、千紘は気づかなかった。

こちらに背を向けたまま、手元でなにかを一生懸命作っているようだった。

「千紘」

その声に、千紘がビクッと振り返った。

「あ、びっくりした。修司くん、どうしたの？」

千紘は平然と言った。俺も平然を装った。

「こっちも驚いたよ。バイトは春休みだけじゃなかったの？」

千紘は少し視線を泳がせた。

「ああ。せっかくだから土日だけしばらく続けようと思って」

俺が口を開こうとすると、千紘が焦ったように「大丈夫だよ。ちゃんと勉強もしてるし！」と続けた。

「陸上部の練習は？　土日は休みなの？」

千紘は「うん……」と言葉を濁した。

「新入生が入ってくるまでは、土日の練習はどちらか一日基礎トレがあるだけなんだ。それも午前には終わるから、そっから来てるんだよ。二年は勧誘の準備もあるけど、三年はないからさ、暇なんだ」

俺が口を開こうとするたび、千紘は言い訳するように言葉を付け足した。

「今はほんと、まだ勉強も部活も忙しくないから。バイト代もでるしさ」

千紘は間違いなく、ここにいることを俺に隠したかったのだ。

「それより、どうしたの？　買いにきたの？　でも今日は何も残ってないよ。土日はどうしても売り切れちゃう」

千紘が話したがらない以上、俺にはどうすることもできなかった。

「そっか。そりゃ残念だな」

俺は「あんまり無理すんなよ」と千紘に告げると、親父さんに「すみません、お邪魔しました」と挨拶をして踵《きびす》を返した。

俺たちのやりとりを黙って見ていた親父さんは、勝手口に向かう俺の前を歩き、

「田中さん、ちょっと」と、外に出た。

勝手口から少し離れたところで親父さんは立ち止まった。

「千紘のことは、大丈夫だ」

親父さんは、いつもより抑えた声で言った。

「心配だろうが、ちょっとだけ辛抱して見守ってやってくれ」

奇《く》しくも西園寺さんと同じことを言うんだなと、ちょっと微笑ましく思った。

俺は「ご迷惑をおかけいたしますが、千紘をよろしくお願いします」と頭を下げた。

顔を上げると、親父さんはなんとも優しい目で俺を見ていた。


帰り道、俺は自問自答を繰り返した。

千紘は本当に、和菓子職人を目指す気なのだろうか。

大学もマラソンも諦めてしまうのだろうか。

彼はまだ高校生だ。本当に冷静な判断ができているのだろうか。一時の感情で将来に関わる大きな選択をしてしまうのではないだろうか。俺が高校生の頃はどうだった

だろう。将来のことなんて、何も考えられてなかった気がする。大きな夢もなかったし、悩むことすらせずに進学することを決めていた。それは、俺が悩むこともせずに進学できるだけの環境が整っていたからだ。両親が元気に働いていて、俺の学費を当たり前のように出してくれていた。食うための心配など、したこともなかった。

和菓子に触れて、千紘が心からその道を目指したいと思うのなら、応援したい。けれど、早く働きたいと焦っていて、たまたまそこに優しい親父さんがいて、まるで父親のように自分によくしてくれる——。

その状況が千紘にとって心地よいものだから、その理由で道を選んだとしたら？

親父さんの体調は、このところ芳しくない。店を畳もうとするほどに。

もしも、万が一のことがあれば……。万が一にも、千紘が独り立ちする前に、親父さんがいなくなってしまったら——。

それこそ千紘は全てを失ってしまうのではないか。

もしそうなったとき、それでも千紘はその道を歩き続けられるのだろうか。

それから数日後の午後六時頃だった。千紘からの着信があった。

通話ボタンを押すと、けたたましいサイレンの音がスマホから響いた。

「修司くん！　西園寺さんに連絡を取って！　親父さんが倒れたんだ！」

半ば叫ぶような千紘の声だった。

「ええっ！」

「今救急車の中。中央病院に搬送されるから、それを伝えて、お願い！」

そう言って、電話は切れた。

俺は即座に西園寺さんに連絡した。

「具体的な状況は聞けていません。とにかくすぐ病院に向かってください。僕も向かいます！」

西園寺さんは引きつった声で「わかりました」と電話を切った。

結局、親父さんはそのまま入院し、後日心臓にペースメーカーを埋め込む手術を受けることとなった。


翌日、千紘と一緒に病院の個室に顔を出すと、ちょうど西園寺さんがきていた。親父さんの体調は落ち着いているように見えた。俺たちと入れ違いで病室を出ようとする西園寺さんを、親父さんは呼び止めた。

「おい、馴染み客に謝っといてくれ。けど手術が終わったら再開するから、ちょっと待っとけって言っといてくれよ」

親父さんの言葉に西園寺さんの表情が変わった。

「……続ける気なのか？」

「当たりめえだろ。まだ作れる。そのために手術すんだ」

その言葉に、西園寺さんは一度目を閉じ、そして何かを決心したように親父さんを見据えた。

「わかった。それなら後のことは俺に任せてくれ。俺が月花堂を継ぐ」

「勝手に決めんじゃねえや」

親父さんは相変わらずの口調だった。

「会社をやめて修行に入るよ。だから、機械を導入することだけは許可してくれ」

「それはできねえ」

親父さんはきっぱりと言い切った。

「親父、はっきり言う。時間がないかもしれないんだぞ。手作業で親父の月花堂と同じ味を作るのは、何年かかるかわからないし、何年かかっても無理かもしれない。だけど機械を導入して、レシピさえきちんと作ってしまえば、月花堂の味を引き継げる。手作業で一から全てやるのは無理だ。間に合わなかったら元も子もない」

「そんなもんは月花堂の味じゃねえよ。そんなもん、残しても意味がねえ。そんなら手術することもねえよ」

取りつく島もない、そんな感じだった。

「どうして……」

西園寺さんの声が震えた。

「どうして……！　あなたがいなくなったら俺が一人になるって、どうして考えてくれないんだよ！」

心が裂けるような叫びだった。

「俺は、本当は百貨店なんてどうでもよかったんだよ！　金勘定がしたかったワケじゃない！　ただ、俺は、そうすればあんたが……親父が楽に働けると思ったから！　あんたは働いてないと死んじまうだろうが！　だから、あんたが楽に長く働ける環境を作ってやりたかったんだよ！」

西園寺さんの声は怒りと悲しみに濡《ぬ》れていた。

「オレは……別に死ぬまで働きてえわけじゃねえよ」

親父さんがポツリと言った。

西園寺さんが「でも……」と声を絞った。

「……でも、月花堂がなくなったら……母さんが悲しむだろ……」

か弱く揺れるその声は、ただの一人の子供だった。

「……その母さんが好きだったのが、オレが作る月花堂の味なんだよ。だから意味があんだ。月花堂は、母さんのために作った店だ。それ以外に、意味なんてねえんだ」

親父さんの声も、微かに揺れた。

「でも、でも、母さんが一番好きな場所だったじゃないか……月花堂は、母さんが……母さんと、俺と、親父の……家族の……場所じゃないか……」

既に嗚咽《おえつ》の混じった声だった。そのまま二人は言葉を発せず、しばらくして、西園寺さんは、無言のまま病室を去った。

「一人になるだって……？　でかいなりして、いくつになったと思ってやがんだ……。だからさっさと結婚しろってんだよ。結婚して、てめえの家族をつくりゃあそんなこと言わねえで済むんだ。こんなちいせえ店に、いつまでも拘《こだわ》りやがって……」

親父さんは窓を向いたまま、独り言のように呟いた。

「だいたい、あれだけ嫌がってやがったくせに、今になって月花堂、月花堂言いだしやがってよ。オレの言うことはちいっとも聞かねえくせに、一丁前に指図だけしやがる……どうしようもねえせがれだよ、まったく……」

親父さんの声はまだ、微かに揺れていた。

「わかるよ、僕。西園寺さんの気持ち、わかるよ」

千紘が口を開いた。

「僕だって、親父さんに長生きしてほしいよ……月花堂も続いてほしいよ」

個室は静かな空気に包まれていた。誰も言葉を発せず、どれくらいか時間が経った。

親父さんが小さく溜息をついた。そしてようやく俺たちのほうへ振り返った。

「田中さん、ちょいと頼みがあんだがな」

その目は、優しい父親のそれだった。


その後、西園寺さんと親父さんは話し合いを一切しないまま、親父さんは無事に手術を終えた。仕事に見舞いに店のことに忙しい西園寺さんに代わり、俺と千紘は月花堂の厨房の掃除などを手伝うことにした。

店の玄関には『臨時休業』の張り紙がしてあった。

「閉めちまったのかい？」

俺が玄関前の掃き掃除をしていると、後ろから声がした。振り返ると、島さんが眉を八の字に下げて立っていた。

「西園寺さんが入院されましたので、しばらく休業させていただくこととなりました」

俺がそう言うと、島さんは更に悲しそうに眉間を寄せた。

「そりゃあ、なんてこったい。大将は大丈夫なんだろうね」

「無事に手術も終わりました。命に別状はありませんよ」

島さんは「そうかい」と、ほーっと溜息をついた。

「退院したら再開すんのかい？」

「それは、今の段階ではまだ……」

俺が言葉を濁すと、「そうだろうなあ」と島さんが続けた。

「辞めるだの辞めないだの、しょっちゅう息子さんとやり合ってたもんなあ。いつ畳んじまうのかヒヤヒヤしとったわ」

「ご存じでしたか」

俺が苦笑いを浮かべると、島さんも片側の口角を上げた。

「ご存じもなにも、毎日あんな大声で怒鳴り合ってちゃあ、近所の者《もん》はみんな知ってるよ」

二人して苦笑いで顔を見合った。

昼頃になると、西園寺さんがコンビニで調達した昼めしを持ってやってきてくれた。

俺と千紘と西園寺さんは三人で、いつもの小さなテーブルを囲み、おにぎりやらサンドイッチを食べた。

「西園寺さん、こんなところで何なのですが、せっかくお時間があるので少しお話しさせてください」

西園寺さんは「はい、もちろんです」と答えた。

「今回の依頼は、キャンセルされてはいかがでしょうか」

俺は端的に切り出した。

「お父さまのお体は、もう今までのように働くことは難しいかもしれません。そして、またいつ入院するかもわかりません。費用もかかるかもしれません。老婆心ながら、西園寺さんのためにもお父さまのためにも、今は四葉物産を辞めるタイミングではないのではと思ってしまいます」

西園寺さんは目を閉じて頷いた。

「この月花堂をどうしていかれるか、今後のことは、もう一切をお父さまのご意志にお任せしてみてはいかがでしょう」

「ちゃんと話さないと、と思っていたのに、延ばし延ばしになって申し訳ありません」

西園寺さんは一度開いた目を、再度伏せた。

「先日、帝急百貨店からの出店依頼は、正式に断ってきました。今後もう二度とこの話がでることはないでしょう。まったく……いい話だったのになあ……」

西園寺さんは唇を噛むと、天を仰いだ。

「もっと早く決断していれば、月花堂が……続けられたかもしれないのに……」

その横顔は、なんとも寂しそうに見えた。

「諦めが悪い……女々しいですね。田中さんの言う通りです。今後、不測の事態が起こったときのためにも、私は今の職を辞するべきではない」

西園寺さんは悲し気に微笑んだ。

「千紘くんにも、申し訳ないことをしたね。もしかしたら、千紘くんが将来ここを継ぐのではないかと期待したりもしたんだけどね」

千紘は驚いたように目を見開いた。

「そんな、まさか。とても僕には無理ですよ」

俺は思わず「そうなの？」と聞き返した。

「そりゃ、もちろん月花堂は好きだし、そんなことも考えなくはなかったけど……でも僕はまず大学に行くって母さんとも修司くんとも話し合ったし、自分でもそう思ってたよ」

西園寺さんは「そうだったのか……」と、何とも言えない表情で頬を歪めた。

「私の早とちりだったか……。あの親父が和菓子作りを教えている姿を初めて見たもんだから、てっきりそういうことになるのかと……」

「あっ、それは……」

千紘が少し照れくさそうに首を掻《か》いた。

「母さんの誕生日に作ってあげようと思って。親父さんに相談したら、教えてくれるって言ってくれたんです」

西園寺さんが驚いた顔をした。

「どうしてそれ、俺にも教えてくれなかったの？」

千紘は「だって」と口を尖《とが》らせた。

「修司くんに言ったら、修司くんの母さんから僕の母さんにバレちゃうかもしれないじゃん。一応、サプライズでしたかったし」

俺は思わず微笑んだ。なんだ、そんな理由だったか。

「僕の母さん、父さんが死んでから『まるで時が止まったようだ』って言っていて。大好きだった桜も今年は『いつの間にか咲いて、いつの間にか散っていた』って。だから、親父さんが奥さんにしてあげたみたいに、僕がさくら餅を作ってあげられたら母さん喜ぶかと思って。見逃した桜を少しは感じられるかなって。だって月花堂の和菓子は、季節をより愉しむためにあるんでしょ？」

西園寺さんは「ああ……」と呟いた。

「雪月花か……」

それは、月花堂の由来。それは、自然の美しさを表す言葉。

「そういう大事なことを、私はきっと見落としてしまっていたんだろうな」

西園寺さんの声は、主を失った月花堂に寂しく響いた。

STAGE 11

お砂糖と蜂蜜　後編

バカみたいって思われるかもしれないけど、僕は、まだ死なないんだと思ってた。毎日のように、事故や事件や災害のニュースがあって、毎日のように老若男女かかわらず多くの人が死んでいってるのに、テレビやネットで見かけるそれらのニュースは僕には関係のない世界の出来事で、まったくリアルではないどこかの世界の出来事で、明日も明後日もその次も、僕と、僕の家族だけは当たり前のように生きていると、なぜだか、そう信じて疑わなかった。

「人って、案外すぐ死んじゃうんだね」

「おいおい、病人の前で縁起でもねえこと言うなよ」

無事に手術が終わり、大部屋に移った親父さんは、呆れたように言った。

「見てみろ、隣のじいさんなんて、すでに迎えがきかけてんだ」

「なんだと？」

隣のじいさんがジロリと睨みをきかせた。

「この部屋には死にかけはいねえよ。おい、残念だったな」

隣のじいさんは宙に向かってそう言うと、時代劇のようにカッカッカッと笑った。

「誰に『残念だった』って言ったの？」

僕の問いに、じいさんは「そりゃあ、ここにいる死神によ」と言って、またカッカッカッと笑った。確かに、この部屋の人たちはみんな元気で死にそうにない。

いや、病室のベッドに寝ている時点で元気なわけないんだけど。それでも僕の目に映る『元気そうな人たち』は、やっぱり死ぬ気がしない。

今でさえそう感じる。僕はきっと、馬鹿だ。

「忘れっぽいバカな人のこと、何ていうんだっけ？」

「忘れっぽいバカ？」

親父さんが聞き返した。

「そりゃあ、アレだよ。あー忘れちまったなあー」

隣のじいさんがそう言って、またカッカッカッと笑った。

「鳥頭かい？」

この部屋では一番上品な、正面のじいさんが言った。

「そう、それ。僕、それなんだよ。鳥頭」

一瞬のち、病室が笑い声に包まれた。

「まだ若えのに、なんてこったい」

一番奥のじいさんが言った。

親父さんはまた呆れたような顔で僕を見た。

「なんだ、勉強が辛《つれ》えのか」

「別に、そんなことないよ」

公式や英単語を覚えることは、それほど不得意ではないのに。それなのに、たった二か月ほど前に父親が急逝したばっかりだってことは、忘れてしまう。

忘れて、やっぱり明日も自分が生きていると信じて疑わない。

僕はやっぱり、鳥頭だ。

「あ、親父さん、描けた？」

僕は親父さんの手元にあるスケッチブックを覗き込んだ。

「ああ。こんな感じでどうだ？　色も鮮やかにして、グラデーションにする。赤から桃色。橙《だいだい》から黄色。二種類だ」

「すごい、ちゃんとチューリップに見えるよ」

「当たりめえだ」

「でもここから形にするのが難しいんだよね」

「わかったような口ききやがって」

親父さんがフッと鼻で笑った。

「やっぱり四月といえばチューリップだよね。五月はスイートピーなんてどう？」

「五月はアレがあんだろ。こどもの日が。柏餅《かしわもち》とちまきの祭りだ」

「そっかあ。じゃあ、季節ものはなしか」

僕はスマホを見ながら答えた。

「だから、それが季節ものになんだよ」

「でもそれは五月五日だけじゃないの？」

「うまけりゃ一か月だしても構わねえよ」

「ええー。やっぱり五月も作ろうよ」

「お前は簡単に言いやがるな」

「だってほら、こんなに花の種類があるんだよ。五月なんてメインどころの目白押しじゃない。バラ、あやめ、ユリ、藤、つつじ、ハナミズキ、ゆずも五月だよ」

僕はスマホの検索結果を読み上げた。

「これをスルーしちゃもったいないよ」

「スルーってなんだ」

「無視ってこと」

「わけわかんねえ言葉使いやがって」

親父さんはそう言いながらも、僕のスマホをチラリと覗き込んだ。

「それにしてもまあ、インターネットってのは、便利だな。文明の利器も使いようによっちゃ悪くねえ」

僕は更にスクロールを続け、「あっ！」と叫んだ。

「なんだ」

親父さんがギョッとしたように言った。

「大変だ。五月……」

親父さんは眉間に皺をぐっと寄せた。

「なんだよ」

「五月、母の日があるよ……！」

親父さんはまたフンと鼻で息をした。

「だからなんだよ」

「カーネーションだよ！　カーネーションの和菓子だよ！　絶対売れる！　これ、本物の花も仕入れてさ、一輪つけてカーネーションの和菓子とセットで売るんだ。やばいよ、これ。五月はこどもの日と母の日で売上急上昇だよ」

親父さんはこれ見よがしにふ――と大きな溜息をついた。

隣のじいさんがカッカッカッと笑った。

「こりゃあ、えれえ参謀がついたもんだな。月花堂の将来も安泰だ」

親父さんは「こっちは大変だよ」とうんざりした口調で呟いた。

「それにしても、そのチューリップの和菓子は、どんなもんか見てみたいなあ」

正面のじいさんが言い、奥のじいさんも「まったくだ」と頷いた。

「退院したら作って持ってきてやるよ」

親父さんは頼もしい顔でそう言った。僕はその顔が、誇らしかった。

「西園寺さん、検査のお時間です」

看護師が病室に顔を出した。

「おう。それじゃあな」

親父さんは、ベッドから足を降ろしてそう言った。

「またくるよ」

親父さんは「ああ」と、短く答えた。

「次にくるまでに、ちゃんとカーネーションのデザインも考えといてね」

親父さんは呆れたように、口元を歪めてみせた。

あの日は、すごく寒かった。スマホから聞こえる母さんの声はまるで現実感がなくて、でも僕の手は震えが止まらなかった。寒さのせいではない。どれだけ寒くたって、手はあんな風に震えたりしない。僕は、頭によぎる最悪な結果をとにかく考えないようにしながら、前の人が止めたタクシーに横から飛び乗った。「父が危篤なので譲ってください！」そんなドラマのようなセリフを吐くと、タクシーを止めた若いカップルは焦った様子で「どうぞ！」と譲ってくれて、タクシーの運転手は最大限に急いでくれた。けれど最悪な結果は現実となった。

それから僕はずっと冬の日を過ごしていて、気づくと桜は散っていた。

大勢の人が待ち焦がれたはずの春の中に、突然放り込まれたような気分だった。

「カーネーションのデザイン、考えた？」

僕は病室に着くなり、親父さんのスケッチブックに手を伸ばした。中には可愛いピンクと黄色のカーネーションのデザインがあった。

「さすが！　ちゃんとカーネーションだ」

「デザインばっかりじゃあな。作ってみねえと話にならねえよ」

親父さんは両手の指をわきわきと動かした。

「ここであんここねたら怒られるよね、きっと」

「そりゃそうだよ。ここは調理場じゃなくて病室なんだからよ」

親父さんは呆れ顔で言った。

「それはそうと」

親父さんは僕にチラリと目をやった。

「昨日だったろ。どうだ、ちゃんとできたか？」

僕はふふふと不敵に笑った。

「わりとうまく作れたと思うよ。お母さん、喜んでた」

親父さんの目尻が優しく下がった。

「そうか。そりゃあ、よかった」

親父さんにしては珍しく、素直な反応だった。それが嬉しかった。

言葉は多くないけれど、いつも僕に何かを伝えようとしてくれる。

大切な、何かを。心からの、何かを。

その気持ちに触れるだけで嬉しかったし、僕の心も、寒い日にかじかんだ手を包んでもらうように、あったかくなった。

「あ、そうだこれ、お母さんから」

「おまえの？」

「そうだよ」

僕は、春らしく桜が描かれた封筒を親父さんに差し出した。

親父さんは神妙な面持ちで、柄にもなくちょっとしんみりと「あとで見せてもらう」と言い、それを受け取った。

「万が一ラブレターだったら、一応僕にも報告してよね」

僕が冗談めかして言うと、親父さんはいつものように呆れ顔で「阿呆《あほう》か」と、ちょっと笑った。

「千紘、そろそろ部活にも勉強にも本腰入れなきゃいけねえんじゃねえか？」

僕はこのところ、しょっちゅうここへきていた。

「マラソンは……辞めようと思ってるんだ」

僕は思い切って打ち明けた。予想に反して、親父さんは「そうかよ」と言っただけだった。

「マラソンは、僕にとって一番大切なことじゃないって、気づいた」

言い訳するつもりはなかったが、親父さんには、僕の胸の内を聞いてほしかった。

「部活はちゃんと続ける。どうせ夏までだし。けど、それで推薦を目指すことはしないし、将来、それで食べていこうという考えは、捨てる。大学からは部活じゃなくてバイトに時間を費やすと思う。本格的にマラソンをやりながら勉強して、その上バイトするのは時間的にも無理だし。前までは大学近くで一人暮らししたいって思ってたけど、金銭的にも家をでたくないから、通学に時間もかかるだろうし」

親父さんは黙って聞いていた。

「一番堅実な道をいくよ。勉強に全振りして、国公立、現役合格に賭ける」

「いいんじゃねえか」

親父さんが僕のほうを見た。

「千紘がちゃんと考えて決めたことなら、間違いねえだろ」

ふいに、涙が出そうになった。一人前の男として認められたようで、一人の人間として信用してもらえたようで、嬉しかった。

「大学に行ってからさ、きちんと考えるよ。将来のこと。和菓子職人も面白そうだなって思ったけど、本当に一番なりたいものかどうかはまだわからないや」

僕は親父さんのスケッチブックをパラパラとめくった。

「でも、こうやって商品のこととか色々考えるのは嫌いじゃないんだ。もしかしたら実際作るよりも、それをどうやって売るかってことを考えるほうが好きなのかもしれない」

親父さんはフンッと鼻を鳴らした。

「職人よりも、経営者寄りかもな」

「経営者……」

「大学には経営学部ってのもあるだろ。学部も大学によって違うから、その辺も色々考えて決めろよ」

「親父さんは、大学いったんだね？」

僕の問いに親父さんは「どうしてそう思った？」と聞き返した。

「だって、詳しいから」

親父さんは一瞬、言葉に詰まった。

「……せがれが進学したからな」

そのとき調べたんだ、とピンときた。きっと、息子のために、大学がどういったものか調べたりしたんだ。つくづく不器用な親子だなと思った。

「僕が月花堂のアイデアマンになってあげようか。なんだっけ、店舗プランナーとかあるでしょ」

「気の遠くなるような先の話だな」

「そうでもないよ。あとたった五年だよ」

「五年か」

親父さんが少し遠くを見た。

「すぐだよ」

「そうだな」

そう言った親父さんの横顔は、少し寂し気に見えた。

「九州《きゅうしゅう》にじいちゃんが住んでるんだけどさ、なんと九十五歳過ぎてまだ元気なんだ」

「そりゃすげえな」

「親父さんは今六十五歳でしょ？　九十五まででもあと三十年もあるよ。そのうちの五年なんて、あっという間だよ」

親父さんがフッと笑った。

「いつまで働かせる気だ」

「死ぬまで」

「鬼かよ」

そう言いつつも、親父さんの顔はまんざらでもなさそうに見えた。

「だから、まだ死なないでね」

一瞬の間があった。

「ああ、死なねえよ」

親父さんは優しく僕を見た。

「安心しろ。ここに死神はいねえ」

「親父さん、見える人なの？」

僕はクスクス笑いながら言った。

「ああ」

親父さんもちょっと笑った。

「でも、隣のじいさんはこの前、死神に話しかけてたよ」

僕は隣に聞こえないよう、声を潜めた。

「あのじいさんは耄碌《もうろく》してんだ」

親父さんも潜めた声で言った。僕は思わず声を上げて笑った。

「そっか、なら安心だ」

本当に見えるなら、僕が全部なぎ倒していってやるのに。僕は、自分に死神が見えないことを残念に思った。

週末、僕は修司くんと一緒に病室を訪れた。

「では、レギュラー商品は看板商品の月花饅頭ときんつばのみ。さくら餅や栗饅頭など、定番の季節ものを一種か二種。そして毎月限定の自然をモチーフにした和菓子を一種類。常時最低四種類、ということになります。これならかなり作業を絞れます」

修司くんは、親父さんのデザイン画を笑顔で眺めた。

「一般のお客さんは全てネット予約での販売とします。予約できるのは最大で二週間先まで、締め切りは二日前までとします。一日に受けつける上限個数は決めて、店主の体調によって減らせるようにします。受付のプラットホームやHP等は全てこちらで整えますので、お任せください。なるべくシンプルで使いやすいものとしますので、ご安心を。商品の受け取り時刻は、午前十一時から午後二時までと、会社員の方も受け取れるように午後五時から七時までの二部制として、予約時に選んでもらいます。ネット決済にすれば手間もかかりません。これで並ぶ時間がない方や、売り切れが嫌で店舗までは買いにこなかった遠方のお客さまも取り込めます」

修司くんは、僕と話しているときとは違った表情で、大き目の文字で印刷した資料を示しながら、親父さんに懇切丁寧に説明した。

「店主の実務は予約個数を作り終えた時点で終わります。受け渡しを二部に分けることで、休憩を挟みながら計画的に作業できると思います。受け渡し専用のパートさんも十一時から午後二時までの三時間雇うだけで済むので、コストも最小限でしょう。五時以降の受け渡しは、店主が翌日の仕込みをしながらでも対応できるかと思いますが、人数にもよると思いますので、一度これでやってみて、あとは体調を見ながら予約個数や受け渡し時間を調整していきましょう」

親父さんは真剣な表情で資料をみながら、ふんふんと頷いていた。

「そして、お馴染みさんですが、現在と同じように勝手口からの購入としましょう。予約分にプラスして作った予備商品を購入してもらいます。今までとまったく変わりませんが、お馴染みさんにも昼の二時頃までに来てもらうようにしましょう。それと同時に、前日までに予約してもらうシステムも作ります。紙の予約表を勝手口に置いて、簡易のポストでも作って、そこに入れてもらいましょう。そうすればいつでも好きなものを好きなだけ買ってもらうことができます。ゆくゆくはお馴染みさんも予約のみで受けられるようにしたいですが、慣れるまでは予備商品を作る形がいいかなと思います。もし予備で作った中で馴染みさんに売れ残ったものがあれば、後半受け取りのお客さんに〝おまけ〟として振り分けてもいいかもしれませんね」

「おまけで一個多くもらえたら、喜ばれそうだよね」

僕が口を挟むと、親父さんも「そうだな。今は破棄してるだけだしな」と感心したように頷いた。

「肝心の売上見込ですが、月花堂さんの今までの実績を鑑みても、最低四種の商品で問題なく経営が継続できるかと思います。かなり絞られた予約形式ですが、毎月変わる限定品を作ることで『これを逃すと二度と食べられない』というプレミア感がでますし、SNS映えもするので限定目当てのリピーターは必ずつくはずです」

親父さんはふーんと大きく息を吐いた。

「なるほど。こりゃあ、なんだかうまいこといきそうな気がするな」

「なんか修司くん、生き生きしてるね」

「そりゃもう、有名になりたくないって依頼は困っちゃうけど、こういった依頼は大歓迎だよ」

修司くんはニコニコ笑った。

親父さんが眉間に皺を寄せて見入っていた資料から目を離した。

「実は今朝、医者から今のままなら三日後に退院していいって言われたんだ」

「えっ！ そうなの!?」

僕は叫ぶように言った。

「退院したらすぐ限定品の試作に入るぜ。あとは形にするだけだ」

「決して無理はしませんように。こどもの日の売上は見込めますが、急に激務すぎますので、それを過ぎてからの再スタートを目指しましょう」

修司くんは冷静に言った。

「じゃあ、目指すは母の日だね！」

僕が親父さんを見ると、親父さんはいつものようにちょっと呆れつつも「ああ、そのへんだな。花は売らねえけどな」と言ってくれた。

「それならあと三週間以上あります。間に合うといいですね」

修司くんは嬉しそうに微笑んでいた。

帰り道、僕は修司くんに話しかけた。

「僕、マラソンで推薦とるのは諦めることにしたよ」

修司くんは、少し驚いたような表情を見せた。

「そのかわり、本気で国公立目指そうと思う。だから勉強を頑張るよ。でも引退まではちゃんと部活にも参加するし、走ることはやめないよ。僕にとってはストレス発散にもなるし、健康にもいいし。健康に長生きして、将来母さんの面倒みなきゃいけないし。金もかからない、いい趣味だと思うんだ」

修司くんは、僕をしみじみ見つめると、優しく言った。

「千紘は、俺よりよっぽどしっかりしてるよ」

「ううん。僕はまだ働いたことないから。修司くんは大きな企業に二回も就職できて、すごいと思う。尊敬してるよ」

修司くんは「そうでもないよ」と首を振った。

「前の職場は、どうして辞めたの？」

なんとなく訊きにくかったけれど、今なら訊いてもいいかと思った。

「ちょっと、色々あったんだ。素面《しらふ》じゃアレだから、千紘が酒飲めるようになったら、飲みながら話すよ」

修司くんはニヤリと笑った。

「わかった。楽しみに待ってる」

僕がそう言うと、修司くんは「楽しい話じゃねえよ？」と片方の眉を上げた。

「修司くん、今の仕事、楽しい？」

修司くんは僕を見て、一瞬口の端を結んだ。

「うん、楽しいよ」

そう言った言葉は、嘘には思えなかった。

「僕、ひょっとしたら将来、修司くんの同僚になるかもよ」

修司くんは「ははっ」と声に出して笑った。

「それはそれで、楽しみだな」

僕は、わりと本気で、いつかそんな日がくるのも悪くないかもしれないと思った。


家に帰って、朝から準備していた小豆を炊いた。

しばらくすると母さんが帰ってきた。

「あら、いい匂い。またさくら餅作ってくれてるの？」

「うん。親父さんが三日後退院するみたいだから、その前に病室のみんなにも食べてもらおうと思って」

「あら！ 退院決まったのね、よかった」

母さんは心からホッとしたように見えた。

「そういえば、この前のお礼状、ちゃんと渡してくれた？」

「渡したよ。あれなんて書いてたの？」

「ただのお礼よ。あんたがお世話になったから」

母さんは僕の横で夕飯の準備を始めた。

「今日はメンチカツ買ってきたの」

「いいね、メンチ。キャベツ切ってやろうか？」

「さくら餅、作ってるんじゃないの？」

「まだあんこ炊けてないから、夕飯食べてから作る」

「そう、じゃあお願い」

ミヤビさんに言われてから、包丁をよく使うようになった。最近やっと太めの千切りがゆっくりだができるようになってきた。

僕がゆっくりキャベツを切っている隣で、母さんは味噌汁を作り始めた。

「僕、大学受験することにした。だから、その間はあんまり手伝えなくなるかも」

母さんは味噌汁の鍋を見たまま「……そう」と呟いた。

「本気で頑張るから、予備校……辞めなくてもいい？」

母さんは「当たり前じゃない」と口角を上げた。

「あんたはそんな心配しなくていいって、何度も言ったでしょ？　こう見えてもお母さん、資格だって持ってるし、あんたがバイトするよりよっぽど稼げるんだから」

母さんは豆腐をパックから出すと、手の上で賽《さい》の目《め》に切って鍋に入れた。

「そのかわり、留年なんてするんじゃないわよ」

「しないよ。まだ受かってもないのに、気が早すぎるでしょ」

味噌汁を作る母さんの横顔は、微笑んでいた。父さんが死んでから、こうして柔らかく微笑んでいる顔を見るのは二回目だった。前に見たのは、僕が誕生日にさくら餅を作ってあげた日だ。ミヤビさんが言っていた言葉を思い出した。

「大丈夫だよ。僕、ちゃんと幸せになるから」

母さんは答えなかった。代わりに、涙が滲んだ目元を人さし指で拭った。

「当たり前じゃない」

母さんはおたまに入った味噌を鍋の中で溶きながら言った。

「お父さんもお母さんも、そのために働いてきたのよ」

母さんは、洟《はな》をすすりながら一心に鍋の中の味噌汁をかきまぜていた。

翌日、僕はさくら餅を四つ持って、見舞いに行った。

「今日はみんなにも、さくら餅作ってきたんだ。ここの人はみんな心臓だから、食べるのは特に大丈夫なんだよね？」

親父さんは「ああ」と薄く微笑んだ。

「なに⁉ これ手作りか！ いやーすげえなー。ありがてえ」

隣のじいさんが大袈裟に喜んだ。

「こりゃ月花堂もあと五十年は安泰だね」

正面のじいさんも顔をくしゃくしゃにして笑った。

「あれ？」

一番奥のベッドが空いていた。

「退院したんだよ」

親父さんが僕を見ずに言った。

「そう……」

すぐに嘘だとわかった。だから、僕も嘘をついた。

「よかったね」

やっぱり、以前隣のじいさんが話しかけていたのは、本物の死神だったんだ。

「僕、やっぱり鳥頭だよ」

「まだそれ言ってんのか」

僕の作ったさくら餅を食べながら、親父さんは呆れたように笑った。

「だって、父さんが死んだのに、すぐにそのこと忘れちゃうんだ」

親父さんはしばらく黙った。

「ちょっと散歩でもするか」と親父さんは珍しく僕を外に誘った。

病院の庭を歩きながら、僕は話し始めた。

「僕、薄情だよ。だって思ったより大丈夫なんだもん。大丈夫な感じで、普通に暮らしちゃってんだ」

「大丈夫なはずねえだろ」

「でもさ……」

「この年になったたって、人が死ぬことにゃ慣れねえ。まだ高校生が、自分の父親の死に直面して、大丈夫なわけがねえよ。そう思うのは、まだ実感がないからだ」

親父さんはベンチに腰を下ろした。僕も隣に座った。

「オレのかみさんが死んだ後な、葬式が終わった三日後にゃ、オレは仕事してたよ。喪に服すこともせず店開けてな。しばらくは店のことばっか考えて働いて、どんぐれえ経った後だったっけな。いつも通りあんこ炊いてるときによ、急に涙がでてきやがって、止まらなくなった。そのときにオレぁ、きっと実感したんだ。もう会えないってことが、ようやくわかったんだ」

親父さんは宙を見つめた。

「そう気づいたらもう、どうにもならなかった。店を畳もうと思った。アイツのために作った店だ。アイツがいねえのに、開ける意味すらねえ、そう思った。けど、オレにはせがれがいたからな。アイツが毎日母ちゃんの仏前に饅頭を供えて、こっそり泣いてたからな。だから、辞めるわけにはいかなかった」

僕は黙ったまま、親父さんの話を聞いた。

「千紘の母ちゃんがくれた手紙によ」

親父さんは僕のほうを向いた。

「いっぱい涙の跡がついてたよ」

僕は、母さんが僕に持たせた桜の封筒を思い返した。

「大したこともしてねえのに、これでもかってほど、オレへの感謝が綴《つづ》られてた」

親父さんはなんとも言えない顔をしていた。

「だから、母ちゃんに伝えといてくれ。おたくのせがれは、オレの命の恩人だって。慌てずいち早く救急車を呼んでくれたおかげでオレは助かった。だから、オレができることならなんでもやってやる。なんたって、命の恩人だからな。いつでも話を聞くし、和菓子の作り方くれえ、いつでも教えてやる。そう母ちゃんに伝えといてくれ」

僕は、嬉しさと気恥ずかしさが入り混じった気持ちでそれを聞いた。

「わかった……伝えとく」

「千紘もいつか実感するときがくるさ。そんときにもし母ちゃんの前で泣きにくいと思ったらよ、月花堂に来ればいいよ。饅頭くらい出してやるからよ」

親父さんは、まるで父さんのように、僕の頭をポンポンと叩いた。


二日後、親父さんは予定通り退院した。そして、四月の最後の週末、僕は修司くんに事務所へくるように呼ばれた。事務所の扉を開けると、ミヤビさんがいた。

「あっ、ちっひー！　ちょうどいいタイミングッスよ」

来客用ソファに腰かけていた親父さんが、振り返って「よお」と手を上げた。

「貰っちゃいましたよー」

ミヤビさんがニコニコしながら月花堂の紙袋を僕の前にかかげた。

僕が親父さんの隣に座ると、道野辺さんがお茶をだしてくれた。

「それにしても、田中さんがオレのほうについてくれて助かったよ。せがれはまだ知らねえんだろ？　オレがあんたに依頼だしたってことをよ」

親父さんはお茶をすすりながら言った。

「もちろんです。守秘義務がありますから」

向かいに座っている修司くんはニコリと笑った。

「修司さん、いつから親父さんと組んでたんスか？」

「守秘義務があるから」

修司くんは、ミヤビさんに向かってニヤリと笑った。

「うわあ、めんどくせえ」

ミヤビさんが顔をしかめた。

「めんどくさいって言うなよ」

「ま、なんかよくわかんねーけど、修司さん、グッジョブ！」

「本当に、グッジョブです」

道野辺さんが月花堂の箱をテーブルの真ん中に置いた。

「道野辺さんまで……」

「オレぁ、あんたも商売人に向いてると思うぜ」

親父さんの言葉に、修司くんは少々複雑そうに笑った。

「さあ、せっかくですのでみなさんでいただきましょう」

「修司さん、そっち詰めて、詰めて」

ミヤビさんが修司くんを押しのけ、道野辺さんが座るスペースを作った。

道野辺さんがもったいぶるように、うやうやしく箱を開けた。

「おーっ」「おーっ！」

「これは美しい！」

ミヤビさんと修司くんと道野辺さんの歓声が部屋に響いた。

赤と桃色、橙と黄色。グラデーション鮮やかな、デザイン画そのままのチューリップを模《かたど》った和菓子が、まるで花畑のように箱に敷き詰められていた。

「ハイカラだろ？　まだギリギリ四月だから、チューリップだ」

自分の顔に、笑みが込み上げているのがわかった。

「素晴らしいですね！」

修司くんが満面の笑みで言った。

「こりゃまたお店がより一層繁盛しちゃうッスねえ」

ミヤビさんはカシャカシャと写真を撮りながら言った。

「試作だが悪くねえ出来だよ。色もよくでてる。来月店を再開したら、このベースのまま形だけ変えて、カーネーションにして発売だ」

「じゃあ幻のチューリップじゃないッスかあ。超レア！」

ミヤビさんが叫んだ。

「幻じゃねえよ。来年の四月はこれを出すからよ」

親父さんが当たり前のように来年の話をした。

嬉しかった。元気に来年の話をしている親父さんが、本当に嬉しかった。

「これ、馴染み客の皆さんもきっと喜びますね」

修司くんは橙と黄色のチューリップを小皿に取り、持ち上げて色々な角度から眺めた。僕は赤と桃色のチューリップを選んだ。

「ここに来る前に、島さんには渡してきたよ。毎月母ちゃんの月命日に供えるから、死ぬまで無期限で予約するってさ。『これでまた母ちゃんと季節の移り変わりを感じられる』って。『やめねえでくれてよかった』って、泣かれたよ」

親父さんはちょっと切なそうに微笑んだ。

「それ、すごくいいね。僕も、父さんの月命日にこれを供えることにするよ。だから毎月三つ予約でお願いね」

親父さんが目を細めて「おうよ」と言った。

「もう食べてもいいッスか？」

ミヤビさんが和菓子切りを持ち、待ち構えたように言った。

「もちろんだ。食ってくれ」

親父さんの言葉を合図に、みんなが皿の上のチューリップに向かった。

「うわ、やっぱりうまいなあ」

「うーん、絶妙です」

「何個でも食えそうっスね」

「毎月限定の商品なんて無茶言うなと思ったけど、調べてみりゃあ、まあ色んな花があるもんだな。こりゃあ当分ネタには困らねえよ」

僕も、赤いチューリップの花びらをひとかけら口に運んだ。口の中で餡がほろりとほどけて、上品な甘さがふわりと広がった。

「あ、うまい」

自然と言葉がでた。それと同時に、どうしたことか、涙が溢《あふ》れた。

「あれ……？」

ただ、嬉しいと思っただけなのに。

驚くほど次々と、大粒の涙が僕の頬を伝っては膝の上に消えた。

「あれ……ごめ……」

どうして泣いているのか、わからなかった。自分の感情がどこにあるのか、わからなかった。ただ、涙が流れ続けた。止めようと思っても、止まらなかった。

「いいよ」

親父さんがそっと僕の頭に手を置いた。

僕は、今、実感したのだろうか。

もう二度と、戻らないものがあるということを。

なぜ今なんだろう。ただ、この甘さが、優しい甘さが、親父さんの愛情が、僕が提案したチューリップが、赤と桃色の鮮やかなグラデーションが、嬉しくて、でもそれと同じくらい悲しくて、胸がぎゅっと苦しくなったんだ。

親父さんの大きな手に隠れるように、僕はただ泣き続けた。

事務所からの帰り道、僕は親父さんと二人並んで歩いた。

「あの事務所でさ、初めて蜂蜜をコーヒーに入れて飲んだんだ。コーヒーを甘くするには砂糖を使うもんだって思ってたけど、蜂蜜でも甘くおいしくなるんだね。僕は十七年間それを知らなかった。たぶんまだ知らないことがいっぱいあって、これから知ることが増えて、選択肢も増えていくんだと思う」

夕陽《ゆうひ》がアスファルトを照らし、僕らの影を長く伸ばしていた。

「砂糖と蜂蜜だけじゃねえぞ」

親父さんが言った。

「上白糖、グラニュー糖、黒糖、てんさい糖、きび砂糖、三温糖、ザラメ、粉砂糖に氷砂糖。まだまだある」

「さすが、よく知ってる」

僕はクスリと笑った。

「砂糖の種類だけでもこれだけあんだ。その違いを知って、選ぶんだよ。これからずっと、選択肢は増え続ける。入れ間違えたら、それはそれで諦めて作り直せ。そうやって失敗を重ねるごとに、和菓子も人生もだんだん旨くなるんだ」

野太い親父さんの声は、どこまでも深く、どこまでも優しかった。

僕はその心地よい声を聴きながら「うん」と頷いた。

「和菓子職人になりたきゃ、いつでも言えよ」

「うん」

「いつでも教えてやる」

「うん」

「オレにできんのは、和菓子作りだけだからよ」

「……それで充分だよ」

僕もいつか、そう言いたい。胸を張って、これが僕の仕事だと。

たくさんの選択肢からこれを選んだんだと、誇りをもって言える。

そんな大人に、いつかなりたい。

でも今はまだ砂糖と蜂蜜しか知らないから、とりあえず来年のチューリップが甘く咲くのを楽しみに待ちながら、僕は僕のやるべきことをしよう。

STAGE 12
それぞれのステージ

それは約束の時間、ちょうど五分前だった。

社長自ら木から選んだ、思い入れ深い重厚な木造の扉。もう何百回、いや、何千回と開いたであろうその扉がギーッと聞きなれた音を鳴らした。この音は少なくともオレがここに来た頃から鳴っていた。この音が鳴ると、ここから依頼者が入ってくる。

誰かが願いを込めて、この重たい扉に力を込める。

ギギーッ。

それはまるで人生が軋む音のように、部屋に響いた。

ゆっくりと開いた扉の向こうから、革靴を履いた足が一歩、部屋の中へ入ってきた。

部屋にある大きな窓からちょうど夕日が差し込む時刻。扉の陰で、依頼者は束の間《つかのま》、佇んでいた。

「どうぞ、こちらへ」

声を掛けると、そのシルエットはゆっくりと足を踏み出した。

まるで覚悟を決めたかのように。

ギギーッと再び軋む音がして、扉はパタリと閉まった。

その人の姿がはっきりと浮かびあがった。

少し緊張した面持ちで、でもとても穏やかに微笑みを浮かべる彼を見て、オレは

「ああ……」と、ほとんど無意識に呟いた。

彼の依頼は一体何だろう。

オレに叶えられるだろうか。

目尻が少し熱くなったのを感じて、唇の端を少し強めに結んだ。

彼は、ゆっくりと歩を進めると、ソファの、いつも依頼者が座る側に腰を下ろした。

オレも、いつものように、いつもオレが座る側に腰を下ろした。

「時が経つのは早いッスねえ……」

思わずそう呟くと、彼も「そうだね」と答えた。

「じゃ、早速、ご依頼を伺いましょっか。えっと、お名前は……」

オレは目の前の彼を見て、いつもそうするように、ニコリと微笑んだ。

何かの間違いであってほしい、そう心の隅で願った。

「田中修司さん……で、いいんスよね？」

修司さんも、見慣れたいつもの笑顔で、コクリと頷いた。

「今日は、よろしくお願いします」

修司さんはオレに向かい、きっちりと頭を下げた。

頭を上げた修司さんの、目尻が少し歪んだ。

オレは、自分が依頼人に見せてはいけない顔をしてしまっていることに気づいた。

「さっ、てとー」

取り繕うように、再び口角をギュッと上げた。

「じゃ、始めますかー。いつもみたいに」

〝いつもみたいに〟ニッコリ笑いかけると、目の前の修司さんは、今まで見たことのないような、なんとも形容しがたい表情で頬を上げて言った。

「ミヤビ、俺を、ヒーローにしてください」

修司さんは、らしくない笑顔で、無理矢理ニッと笑ってみせた。

正直、前々から予感はあった。

去年のクリスマス頃から、修司さんはふと遠い目をすることが多くなった。

ふいにぼーっとしたり、明らかに考え事をしているとわかるときもあった。

オレなりにメシに誘ってみたり、酔わせてしゃべらせようとしてみたり、なんだかんだ手を尽くしたつもりだった。けれど修司さんは頑なに口を割らなかった。

今日、この場に来るまでは。

「一言も相談なしなんて、ちょっと水臭いんじゃねーの?」

オレが横目でジトッとした視線を送ると、修司さんは苦笑いした。ようやくいつもの顔になった気がした。

「だから、今ここで相談してるんじゃん」

修司さんは、またなんとも形容しがたい表情で、少し困ったように笑った。

オレは「あーあ」と声を出しながら、大きく伸びをした。

「この会社、好きじゃなかったんスか？」

オレが尋ねると、修司さんは笑みを浮かべながら静かにかぶりを振った。

「好きに決まってるでしょ」

まるでオレをなだめるような言い方で、ちょっとイラッとした。

「あーあー、もう今年も来年もやる気なくなったー」

大きく両手を上げて、背もたれに体重をかけてのけぞった。

「早いよ。ちょっと話きいてよ。俺、一応依頼者だからね」

オレはその言葉には応えず、しばらく無言を貫いた。困らせてやろうと思った。案の定、修司さんは所在なげに眉尻を下げた。明らかにどう切り出そうか迷っている修司さんに、オレは先手を打った。

「オレ、修司さんと会えて嬉しかったッスよ？」

情に訴えてやる。この人はこういうのに一番弱い。

「俺だって、そうだよ」

修司さんは、怒られた子供が言い訳するように言った。

「一緒に仕事するのとか、けっこう楽しかったッスよ」

畳みかけてやる。存分に心を痛めるがいい。

「俺だって、そうだって」

「道野辺さんとオレと修司さんと、なんとなくこの三人の組み合わせ、なんとなーくいいなって思ってたんスよ」

「俺もだよ」

修司さんは困り果てたように情けなく眉を八の字に下げた。

「……嘘つき」

「嘘じゃないよ」

修司さんは再びオレをなだめるように言った。

「イヤッ、もう嘘つき！」

「なんだよ、それ」

修司さんは、苦笑いを見せた。

「ちょっと、聞いてよ。ミヤビ」

「いや、聞かない」

「なんでだよ」

「言わせない」

「何言うかわかるの？」

言葉に詰まった。心の中で「わかってるよ」と呟いた。

「ミヤビ」

「何も聞かないッ」

「ミヤビ」

修司さんの声に呆れたような笑いが混じった。イラッとした。

「修司さんと金を絡めた話なんて、したくない」

ふいに真剣な声がでてしまって、そのことに自分で驚いた。

修司さんは、やっぱりなんとも形容しがたい、困ったような笑みで眉尻を下げてオレを見ていた。

「ミヤビ」

修司さんが真面目な声で、オレに呼びかけた。

「自分が依頼者になったらって、ずっと想像してた。自分の人生を賭けられる相手って誰だろうって。でも、考えるまでもなかった」

修司さんが深い眼差しで、じっとオレを見つめた。

「ミヤビだから、依頼したい」

オレはバレないように、グッと奥歯を食いしばった。

「ミヤビだから、俺の人生を、託したい」

耐え切れず、少し目を伏せた。

「ミヤビ、俺も何かを探したいんだ。俺に、この会社を辞める、勇気をください」

ああ、ついに、聞いてしまった。

「んなもん、絶対やらねーよ」

オレは、修司さんの真っすぐな視線から、目を逸《そ》らしたまま言った。

チラリと視線をやると、修司さんの表情は悲しそうに曇っていた。オレは軽く溜息をつくと、両膝に手をついて首をグルリと回した。

「修司さん、ひとつ、質問です」

オレは、しょんぼりした犬のような顔をしている修司さんに向かってニッコリと笑った。

「仕事、楽しいッスか？」

修司さんは困り顔のまま、「すごく楽しいよ」と柔らかく微笑んだ。

「なら、いーじゃん！」

オレは自分のグラスに注ぎ終わった焼酎ボトルを、ドン、とテーブルに置いた。

「マジ意味わかんねーッスよねー」

そう言いながら、道野辺さんの前にある焼酎グラスにも、社長のキープボトルであるお高い芋焼酎を注《つ》いだ。

「大将、ハツとズリとモモ。二本ずつね」

三メートルほど離れたカウンターから「はいよっ」と大将の威勢のいい声がした。

店の隅にある少しだけ奥まったこの席は、オレと道野辺さんのお気に入りだ。他の客からは見えにくいが、焼き台が正面にあるので店員を呼ばずとも大将に声が届く。常連になった今では、こちらが「タレで」と言わなければ全て塩で出してくれる。

「お待たせしましたー。ハツとズリ、お先にどうぞ」

女性の店員が愛想の良い笑顔で皿を置いた。

「はい、ありがとうございます」

道野辺さんが律儀に礼を言い、串に手を伸ばした。オレも続いた。

「この社で働きたい優秀な人間が山のようにいるのにー、何の特技もない俺が成り行きでこんなすごい会社に入ってしまってー、俺は本当にこのままここにいてもいいのだろうかー」

道野辺さんがフフフと笑った。

「よく修司くんのことがおわかりで」

店員が「モモ二本、お待たせいたしましたー」と皿をテーブルに置いた。

オレは早速それを手に取り、大振りのモモ肉を頬張った。

「オレはぁ、あんまりにも自分のことをわかってない修司さんにイラッとしますよ」

「おやおや」

道野辺さんは微笑みを絶やさないまま、ゆっくりグラスを傾けた。

「もう一本あけちゃおうかなー」

オレは片手に串を持ったまま、グラスをぐいっと呷《あお》り、残り少なくなった社長がキープしているお高い焼酎ボトルを揺らした。

「おやおや」

道野辺さんは少し眉を上げて、やっぱり微笑んだ。

「それはそうとミヤビくん、今宵《こよい》のお勤めはなかったのですか?」

「今日は店休みッスー。今日くらいは飲みますよー」

オレは残った焼酎をグラスに注ぎ足しながら答えた。

「それにしても、いよいよ来月ですね。我が社創立三十周年記念のパーティーは」

「そうッスね」

「早いものですねぇ」

道野辺さんは、少し視線を伏せて物憂げに言った。

「時の流れとは……本当に、早いものです」

「そうッスねー」

オレはあまり高くない天井を見上げて、ふーと天に向かって息を吐いた。

※　※　※

家に着き、そのままベッドにバタンと倒れ込んだ。

「ミヤビ、怒ってたなー」

アイツのあんな声、初めて聞いた。

『んなもん、絶対やらねーよ』

ぶっきらぼうにそう言い捨てたミヤビが脳裏に浮かんだ。

「素になるとあんな感じなんだな。案外怖かった……」

五年も一緒に働いてきて、まだ知らないことなど山ほどあるのだろう。今日のあれは、間違いなく初めて見るミヤビだった。


翌朝のミヤビは、表面上はいつも通りに見えた。

「んで？　修司さん、どうしたいんスか？」

依頼人との打ち合わせなどに利用する、事務所近くの喫茶店の、いつもと同じ一番奥の席で、ミヤビはズゴーッといつもより大きな音を立てて、氷の隙間に残ったアイスコーヒーを飲みほした。

「ミヤビ、やっぱ怒ってる……よね？」

「んにゃ、別に怒っちゃねーッスよ」

ミヤビはそう言うものの、いつもより言葉に棘《とげ》がある気がする。ストローを吸う勢いも、心なしか強い気がする。

「でもわかんねーんスよ」

ミヤビはストローでグラスの中をガシャガシャと掻き混ぜた。

「会社は好きで、仕事は楽しくて、同僚《オレら》ともうまくやってる。それでなんで転職考えるんスか？ 修司さんて、なんか業でも背負ってんスか？」

俺は「いやぁ……」と苦笑いで答えた。

「俺にもよくわからないんだ……」

「きっかけは、何なんッスか？ 去年の吉田《よしだ》兄妹《きょうだい》？」

「正直、それで自分が就活していたときのこと、思い出したってこともある」

「それから、多咲真生《たさきまい》に振られたこと？」

俺は呆れ顔で笑った。

「いや、振られたワケじゃないから。でも確かに、彼女が女優っていう自分の地位をあっさり捨てて夢を追ったのにも刺激を受けたと思う」

「修司さんって、案外人から影響受けるタイプなんスか？」

「本来そうでもないはずなんだけど……。それが問題っていうか……。影響受けるのが悪いこととは思わないけど、自分が揺れるのは、自分自身に確固たる思い、軸がないからだと思うんだ。そんな状態で、人の夢を応援なんて、俺にできるのかなって。自分が夢を持ったことがないのに、依頼者の気持ちを理解なんてできない気がして」

「気持ちがわかんなきゃ、仕事できねーんスか？」

「わかったほうがいいでしょ？」

「じゃあ全ての医者や看護師は全ての病気にかかったことがないと全ての患者の気持ちがわかんないから仕事できないってことになるッスよ」

ミヤビが早口言葉のような早さで言った。

「それは……」

俺は苦笑を返した。

「そもそも修司さん、オレの気持ちってわかるんスか？」

「ミヤビの？」

「わかんねーッスよね？　オレの気持ちなんて。だったらオレとは仕事できねーッスか？」

「そういうわけじゃ……」

やっぱり今日のミヤビは当たりがキツい。

「ま、ごちゃごちゃ話してたってしゃーないッスよね。修司さん、案外頑固だし」

ミヤビが溜息混じりに言った。

「今はまだ、やりたいことが見つかったわけじゃないんでしょ？」

「うん……」

「なら、今まで通り働きましょうよ。それが一番いい。実際の依頼者に会って色んな人生を感じるのが一番の方法ッスよ」

「でも……」

「成功するための唯一の近道は遠回りすること。覚えてるッスか？」

「ああ……覚えてるよ」

それはこの会社に入って間もない頃聞いた、印象的な言葉だった。

「なら、修司さんの成功を目指して、今まで通り歩きましょうよ」

「うん……」

「もしかして『こんな、自分に迷いながら依頼者の人生を預かるなんて！』とかって思ってます？」

「よくわかったね」

俺は少し感心した。

「そりゃあ、ほぼ毎日みたいに顔合わせてるんで」

ミヤビは再び、グラスの中を掻き混ぜた。

「迷いながらでもいいじゃないッスか。それでも修司さんなら間違いなく、依頼者に全力で寄り添うでしょう？」

「うん……」

ミヤビの言葉が嬉しかった。

「ありがとう……」

俺のことを、信用してくれて。

「こちらこそ」

ミヤビはニコッと笑った。

「オレのことを、頼ってくれて」

珍しくほんの少し照れたような表情を一瞬浮かべ、ミヤビは取り繕うようにアイスコーヒーのグラスに手を伸ばし、それが氷だけであることを悟ると水の入ったコップに照準を変えた。

「本当にオレに依頼するかどうかは、もうちょっと考えてから決めてください」

口に入った氷をガリッと嚙み砕くと、ミヤビは「じゃっ」と、立ち上がった。

「戻りましょっか、いつもの場所に」

俺も「うん」と、ミヤビに続き立ち上がった。

喫茶店を出るとすぐに見える、いまにも朽ちそうないつもの古びたビルは、俺たちの帰りを待っていた。

週末の夜、俺は久しぶりに実家に顔を出した。

「えー！　なにこれ、すごーい！」

食事を終え、月花堂の包みを開けた母が歓声を上げた。

「カーネーションじゃない。まあこんな繊細な和菓子、初めて見たわ」

父も箱の中を覗き込んで「こりゃすごいな」と感心したように言った。

「ちゃんと父さんの分も買ってきたから」

箱の中には、赤色が二つ、黄色が一つ、計三輪のカーネーションが咲いていた。

母はいそいそとお茶を淹《い》れ始めた。

「あんた、母の日なんて覚えてたのね」

実際、母の日に贈り物をしたのは、かなり久しぶりだった。

「嬉しいわー。月花堂の和菓子、お母さん大好きなのよ。でも並んでるからなかなか買いに行けなくて」

「今は完全予約制だから、すぐ受け取れるようになってるよ」

母はお茶を「ちょっといいやつ」と言いながら湯飲みに注いだ。

「千紘くんが継いでくれたらよかったのにー」

「よく言うよ」

あれだけ進学しろって騒いでたくせに。調子のいいことだ。

「これ、食べるのがもったいないわねえ。なんてきれいなグラデーション」

そう言って、スマホを取り出すと角度を変えながら写真を撮り始めた。

どうやらすごく喜んでいるらしい。ひとつ三百円の贅沢。悪くないと思った。

「あらっ、おいしーい。上品な甘さねえ。つい後引くわね」

『食べるのがもったいない』と言った舌の根も乾かぬうちに、母は赤いカーネーションを頬ばっていた。

「あんた、そろそろいい人いないの？」

あっという間に和菓子を食べ終えた母が、唐突に口を開いた。

「なんだよ、いきなり」

「だって、もう三十過ぎたでしょ？」

「いや、今は三十過ぎて独身なんて普通だから」

「お母さんね、来年からおじいちゃんのとこで住もうかと思ってるの」

母は、さらりと言った。

「えっ！　なんだよ、いきなり」

俺は驚いて湯飲みを倒しそうになった。

「父さんはどうするんだよ」

慌てて父を見ると、父は落ち着いた様子でお茶を飲んでいた。

まさか、離婚するのか……？　背中を嫌な汗が伝った。

母はそんな俺の考えを見透かしたように、クスッと笑った。

「もちろん、お父さんも一緒によ」

「だって……父さん、仕事は？」

父は微笑んでお茶を飲んでいた。いや、なんか話してくれ。

「実は、お父さんの会社、早期退職者を募ることになってね。お父さん、それに志願したの」

「……そうなの？」

俺は再度父を見た。父はやっぱり涼しい顔をしていた。

「どっちにしろ退職が二年半早くなるだけだし、早期退職なら退職金もたくさんもらえるから、悪い話ではないみたいなのよ」

「そうなんだ……」

俺は父を見ながら呟いた。頼むから、そろそろ何か言ってくれ。

「おじいちゃんも入院したり色々あったでしょ？　兄さん夫婦が近所に住んで面倒見てくれてるけど、おじいちゃんもう相当な年齢だから、夜一人にするのが心配になってきたって言っててね。家を売って一緒に暮らそうかって考えてるって。そうしたらね、お父さんが、急に……」

「……一緒に住むって？」

「そうなの。もともと、リタイアしたら田舎で自給自足の暮らしでもしたいね、なんて話してはいたんだけど、まさか早期退職するなんて思っていなかったから」

「父さんは、それでいいの？」

俺は父に問いかけたが、代わりに母が「いいみたいね」と答えた。

「そうなんだ……」

「だから、この夏からあんたこの家に住む？」

「夏からなんだ。早いね」

俺は頭の中で話を整理しながら、努めて平静を装った。

「一人じゃ広いけど、家族で住むにはちょうどいいでしょ？」

「それで、結婚しないのかって？」

なるほど、唐突な話ではなかったわけだ。

「だって、この家にあんた一人では寂しいじゃない」

「別に寂しくはないよ」

「そう言うけど、実際一人だと広く感じるわよ。掃除だけでも大変なのよ？　今みたいなワンルームじゃないんだから」

「掃除くらい、なんとかするけど……。でも、売ったりしなくていいの？」

「家はまだ住めるけど新しくはないし、土地もそんなに高く売れないからもったいないわよ。それならあんたが住んで、その後リフォームでも建て替えでも好きにすればいいじゃない」

「まあ、それなら俺は助かるけど」

俺はお茶を飲みながら言った。

「向こうではおじいちゃんの家に住むから家賃もかからないし、車もあるし、物価も安いし、畑を使えば野菜を買う必要もないし、今までの貯金があれば不自由ない暮らしはできるから。心配しなくていいの」

「それならいいけど……」

「大丈夫よ。いざとなればホームに入るし、葬式代くらいはちゃんと残しとくから」

母は急須に湯を注ぎながら言った。

「別に、そんな心配はしてないよ」

「お代わりいる？」

母が急須を持って尋ねた。

「いや、もう大丈夫。そろそろ出ないと」

母は「そう」と、自分の湯飲みにお茶を注ぎ足した。

「そういうことだから。家のことは後でもどうにでもなるけど、ちょっと頭の隅にでも置いといて。ま、修司の会社からは随分遠くなっちゃうものね」

確かに、ここから会社まで通うのは、随分と時間がかかる。

「どれ、車で送ってやろう」

ずっと黙っていた父が立ち上がった。

俺は「助かるよ」と言い、父に続いて実家を後にした。

俺は助手席に座った。久しぶりに乗る、父が運転する車の助手席だった。

「早期退職って、そんなに退職金いいの？」

父はフフと口の端で笑った。

「ああ、悪くない。あとはまあ、タイミングだ」

「タイミング？」

聞き返す俺に、父は澄ました顔で答えた。

「まあ、心配するな。自慢じゃないが、俺は今まで大事なタイミングを間違えたことはないよ」

「ふうん」

「だから今、ここにお前がいるんだ」

こんなことを父が言うのはかなり珍しいことだった。

「どうせ数年の差なら最後まで勤めあげたいと思う人もいるだろうが、俺はその数年分早く人生を動かして、今、必要なものを家族に与えたいと思っただけだ」

「そっか……」

きっと父なりに信念を持って決めたことなんだろう。

「色々計算すると、こっちのが得だってことだ」

「そうなんだ」

「昔から夢だったんだよ。第二の人生を、田舎で畑を耕して暮らすってのが。おじいちゃんがしっかりしてるうちに農業のことを色々教えてほしいし」

父の夢。この年になってもまだ、父は叶えたい夢を持っていたのか。

きっと、今まで一つ一つ叶えてもなお残った、父の最後のほうの夢なんだろう。

俺は、素直に少し羨ましいと思った。

「それに……朝子さんの旦那さんが亡くなって、ちょっと思うところもあった」

母の妹である朝子おばさん。その旦那さん、すなわち千紘の父は、うちの父よりまだ随分年下だった。

「これで俺がもし来年死んだとしても、母さんと過ごす時間が持てる」

「えっ？」

俺は驚いた声を上げた。

「特に体調が悪いとかじゃないんだよね？」

「体調が悪いのに農業なんかできるか。元気そのものだよ」

「そっか」

俺はホッとした。

「ただ、今まで母さんと一緒にいられる時間が少なかったからな。もっと一緒に過ごしたいと思っただけだ」

「ええ……」

俺は反応に困って言葉を濁した。

「お前も早くそう思える人を見つけろ」

対向車のライトに照らされ少し微笑む父の横顔は、まるで別人みたいに見えた。

「正直、二人がそんなに仲良かったなんて、知らなかったよ」

「母さんは、子供の前では『母さん』だよ。そういう人だ。そこがいいんだ」

「そこがいいんだ……」

俺は複雑な気持ちで呟いた。

「そうだよ」

父はやはり微笑んでいた。

翌日の仕事の後、俺はミヤビを社長いきつけの焼き鳥屋に誘った。

「修司さんは夢を持ったことがないって言いましたけど、小学校とかで、そんなんありませんでした？　将来の夢とかってタイトルで作文書かされるのとか。めちゃめちゃあったと思うんスけど」

ミヤビは社長のキープボトルの酒を勝手に飲みながら言った。

「ああ、あったかな」

「修司さん、白紙で出したんスか？」

「いや……何か書いたよ」

「じゃあ、あるじゃないッスか」

「もう覚えてもない夢だよ。昔っからそうなんだ。大きな夢や希望なんて、持ってなかったんだ。プロのスポーツ選手とか、宇宙飛行士とか、ミュージシャンとか、芸能人とか、そういったものになりたいと思ったことがない。なんか、諦めてたんだよ」

俺もその社長のキープボトルの酒をぐいっと飲んだ。半ばヤケクソだった。

「オレは覚えてるッスよ。いつも世界一の美容師って書いてたから」

「そっかあ。すごいなあ」

「一体何をもってオレがすごいって言うんスか？」

ミヤビがいつになく、強めの言葉で言った。

「修司さんは一体、オレの何を知ってんスか？」

俺は答えに詰まった。

「オレは今、世界一の美容師になんてなってないッスよ。夢を叶える前に、違う仕事を選びましたよ。それのどこがすごいんスか？」

いつもとは違う口調で一方的に話すミヤビに、俺は何も言えなかった。

「修司さんにとって、夢ってのは、プロ野球選手や宇宙飛行士だけなんですか？　今まで依頼者の何を見てきたんスか？　今まで修司さんは依頼者の願いを『そんなの夢じゃねーよ』って思ってやってきたんスか？」

「そんなことはないよ！」

俺は慌てて答えた。

「ただ幸せに生きたいって、そう願うことは、立派な夢じゃないんスか？」

ミヤビは真面目な顔で言った。

「みんなもがいてんスよ。修司さんが知らないだけで、修司さんと同じように」

ミヤビはチラリと俺に目をやった。

「確かに、今の修司さんは、依頼を受ける資格はないかもしれないッスね」

こんなに怒っているミヤビを、俺は初めて見た。

「ごめん……」

「なんで謝るんスか」

「いや、怒ってるから」

「修司さんが会社辞めたいってのに、なんでオレが怒るんスか」

その口調がもう怒ってるよ、と思ったけれど、言えなかった。

「自分でも恵まれてるとわかってるんだよ。偶然拓《たく》と同じコンビニで働いてたってだけで、こんな会社で働くことができて。自分でも、もうよくわからないんだ」

「修司さん、あんたは誰ッスか」

ミヤビは真っすぐ俺を見ていた。

「それが一番わかってないのは、修司さん、あんた自身ッスよ」

初めてミヤビに「あんた」と呼ばれた。

「修司さんのことを一番わかってないのは、他の誰でもなく、修司さんだ」

ミヤビは、グイッと酒を呷った。

翌日、俺は少々二日酔いで事務所に出勤した。ミヤビは今日は休みだった。

「おや、今日は体調が悪そうですね」

道野辺さんが眉を下げて言った。

「ちょっと二日酔いで」

「おや、珍しい」

道野辺さんは、俺に昆布茶《こぶちゃ》を淹れてくれた。

俺は昨日のことを道野辺さんに話した。

「……それで、ミヤビと……喧嘩っていうか……怒られちゃって」

「それも、珍しい」

道野辺さんは、俺の隣に座った。

「私も一度怒られたことがあります。娘のことでね」

「道野辺さんも？」

道野辺さんは黙って頷いた。

「どうして人は怒るのでしょう。パワーがいりますよ。怒るのは」

確かに。怒るのはパワーがいる。

「まあ、まれに怒ることでストレスを発散する人もいますが、普段怒らない人が怒るのはそれではない」

道野辺さんが優しく俺を見た。

「あなたのことが、好きだからですよ」

俺は今まで何度、この道野辺さんの優しい眼差しに助けられてきただろう。

「大切に思っているから、怒るのですよ。怒りは好きの裏返しです。好きの対義語は嫌いではなく無関心というでしょう。怒るということは、興味があるということ。あなたに期待しているということです」

「俺には、何か足りないんです。常にそう思ってしまうんです」

「足りないものは、これから探せばいいじゃないですか」

道野辺さんの瞳が、微かに憂いを帯びた。

「それが、人生というものではないですか」

この瞳が夕暮れの泉のように潤んでいるのを見たのは、一体何度目だろう。

「人が足るを知って初めて成熟するのだとしたら、修司くん、あなたはまだ成熟の途中です。青年期を過ぎる頃そうして悩むのは、とても正しく成熟するための過程をたどっている、その証拠です。何もかも満たされた。そう思ったらそこで人間の成長は止まってしまいます。足りないと思うから追い求め、先へ進むのですよ」

道野辺さんは、俺の肩に手を添えた。

「探すお手伝いなら、私はいくらでもお供しますよ」

俺は優しい味の昆布茶をすすり「ありがとうございます」と呟いた。

※　※　※

オレは昔から、友達百人欲しいタイプではなかった。

そういうタイプだと思われることが多かったけど、実のところは『確かな人』が数人いればいい。

そうやってずっと生きてきて、不便はなかった。不便がないどころか、これは実に自分に合った生き方に思えた。数が増えると目が届かなくなる。それなら確実に目を届けられる人数で、密に、大切に付き合えばいい。実際それでうまくいった。人生の伴侶は小学生からの付き合いで、職場のボスは最高の人間で、同僚もまたしかり。

こんなオレも、小学校に入学した頃は「友達百人できるかな」と思っていた。こういった付き合いをするようになったのは、高学年の頃に苦い思いをしたからだ。予期せずしていじめにあい、予期せずして自分がいじめる側にも立った。そんなことがあってから、長い時間かけて自分なりに考えてみた。

本物の友人とは。本物の関係とは。本物だけを手にしていたい。その思いは年を重ねるにつれ、徐々に大きくなった。

それにしたってどうしてもうまくいかないこともある。

前の職場がそうだ。上司はオレをライバル視し、潰そうとした。

幸運なことに、そんな場所にさっさと見切りをつけられるくらいには、その時点でオレはすでに〝人生の進め方〟に慣れていた。

自分の中に軸さえ持っていれば、迷子にならずに済む。

数少ない『確かな人』を地道に増やしていく。それがオレの人生。

『確かな人』が存在しようもない場所に、未練などあるはずもない。

あっさり前のサロンを辞めた。腕には自信があった。美容師なんて技術職だ。何より技術があれば生きていける。そう思っていたので焦りはなかった。自分で店をもつことも視野に入れて活動していたとき、妻の父親、つまり野宮《のみや》社長から熱烈なラブコールを受けてヒーローズに入社した。はじめは腰かけのつもりだった。そのうち美容師を人生の軸に戻そうと考えていた。だからこそ、母が通っていたあの魔法のサロンへも、時間の許す限り出勤し続けていた。

けれど、ここで道野辺さんに出会った。そして拓にも出会った。社長はもともと最高のボスで、辞める理由などいくら探そうにも見つかるはずもなかった。ここをオレの人生の軸にしよう。そう決めた。

そして、五年前、修司さんと出会った。少しずつ時間を紡ぎ、彼もまた、自分の人生にとって欠かせない仲間となった。

その修司さんが今、迷子になっている。

彼は自分の人生の軸がどこにあるのか、わからなくなってしまった。

不満はないと言う。今が一番幸せだ、とまで言う。それなのに、迷っている。

「どーしてやれっかなあ～」

実際のところ、他人の人生に他人が口を挟む余地などない。

普通はそうだ。それなのに、他人の人生に土足でズカズカ足を踏み入れる。

それが、オレたちの仕事。

「どーうすっかなあ～」

修司さんの人生。オレが何をしてやれるというのか。

「そろそろ自分を信じましょーよ……ったく」

※　※　※

久しぶりに拓からメールが来ていた。俺たちは時間を合わせ、通話をした。

「にしても便利っすよね。ネットでテレビ電話できるんすから」

拓は、ちょっと日に焼けて体もたくましくなったように見えた。

「元気そうでよかったよ」

俺たちはしばらく近況報告などをした。

「ねえ、今の拓の夢ってなに？」

俺は思い切って切り出した。

「夢っすか？　オレね、日本に帰って、新しい形の施設を作りたいんすよね」

拓は現在、アメリカの養子縁組の会社で働いている。拓自身も、施設出身だ。

「実は、施設って十八で出て行かなきゃいけないんすよ。それまでに養子縁組が決まればいいけど、やっぱ赤ちゃんとか小さい子供が優先されるのが現実なんで。中学生とかなっちゃうと、そのまま十八まで施設にいるってパターンも多いんす。んで多くのやつらが進学を諦めるんですよね。だから、そういった子たちが『勉強したい』って思ったときにフォローできるようなスペースを作ってやりたくて」

「すごいなあ」

心から出た声だった。

「拓は、本当にすごいよ」

拓は「どうしたんすか、急に」と笑った。

「俺は、夢を持ったことがないんだ」

「そうなんすか」

「やばいよね」

「そうっすかねえ」

拓は「うーん」と考えると「気づいてないだけじゃないっすか？」と言った。

「気づいてない？」

「そう。だって、今の仕事をやろうって決めた瞬間、ワクワクしませんでした？　初めて依頼者を前にしたとき、ドキドキしませんでした？」

俺は当時のことを思い返した。確かに、ワクワクしたし、緊張したし、ドキドキもした。

「心が跳ねるのは、夢を持ったからっすよ」

ＰＣ画面に映る拓は屈託のない笑顔で言った。

「俺もそうですよ。初めて子供に会うとき。その子の前に座る瞬間、いつもドキドキするんです。オレはこの子を助けられるんだろうかって。毎回、俺は目の前のそいつを幸せにするって夢を見て、毎回、夢を叶えるよう努力するんです。修司さんの仕事も同じでしょ？　修司さんは気づいてないんすよ。今でも毎日、自分が夢を叶え続けてることに」

俺は「うーん」と唸《うな》った。それはそうだ。俺は真面目に仕事をしている自負もある。

それなのに、なぜこんなにも心がもやもやするのか。

「それはそうと、辞めたいなら辞めたらいいっすよ。そもそも転職はネガティブなことじゃないっすから。なんすかねー、みんな転職ってーとネガティブにとらえがちなの、マジ変えていきたいっすよ。新しいチャレンジは、ポジティブなもんすよ」

「拓はアメリカ行って、何が一番大変だった？」

「やっぱ、言葉じゃないっすか？　この俺のコミュ力をもってしても、細かいとこは伝わんねーっすもん。あと、勉強しなきゃいけねーし、仕事もしなきゃいけねーしで毎日大変っすよ。物価も割と高いし。あとはやっぱ食い物っすねー。日本のコンビニサイコーっすよ。マジコンビニ神っすよー。あんなうまいもんがあんな値段で食えるなんてー。リアルなとこでは、医療費っすかね。こっちで暮らそうと思ったら医療費がバカ高いんで。そう考えると、日本ってやっぱ暮らしやすいっすよ。銃で撃たれる心配もねえし、飯はどこでも安くてうまくて、医療も安いしちゃんとしてるし。あと安全。たまにフードコートで鞄《かばん》おきっぱにしようとしたり、テーブルにスマホ無造作に置いてる日本人見て、マジこっちが焦りますもん。いや、秒で盗《と》られるっすマジで。日本は安全だって聞いてはいましたけど、こっちきてからマジ日本って安心安全じゃんって思ったっすよ」

思っていたより続々と、苦労話はでてきた。

「じゃあ、逆にいいところって？」

「そりゃもう、みんな周りのことなんて気にしねーっすから。子供とか騒いでても優しいし。基本子供に対してはすげーおおらかっすよね。見守る感じ？　道とか広々してて街でも緑があったり景観もいいとこが多いし、なんてーか、狭々しくなくて、気持ちが大きくなるってかゆとりができるってか、気持ちがいいっすよ。すんげー抽象的なんすけど、仕事してても一日がゆっくり感じるってか。あ、そもそも仕事がピリピリしてねーし。プライベートしっかり過ごしたり、家族めっちゃ大事にしたり、そういうマインドいいっすよね。あと飯のサイズと服のサイズがでかい。マジで」

　こちらも続々でてきた。

「興味ありそーっすね」

　拓がニヤリと笑った。

「ああ、まあね」

「あとは俺の仕事でいうと、養子縁組とかやっぱり格段に進んでるっすね。もう普通なんすよね。ステップファミリーめっちゃ多いし、血縁関係ってやつに日本ほどこだわらないっすね」

　俺はうんうんと頷いた。

「ちなみに今、うちボランティア募集してるっすよ。賃金はないっすけど、手当が若干国から貰えるかも。気になるなら条件確認しときますよ」

拓が再び、ニヤリと笑った。

「お願いしてもいいかな」

思っていたよりもさらりと返事をしていた。

「りょーかいっす。まだみんなには内緒っすか？」

「うん、内緒でお願いします。ちょっと色々と考えたいから」

「りょーかいっすー」

「拓、ありがとう」

拓は「ぜんっぜん」と笑った。

拓に別れを告げPCの電源を切ると、暗い画面に自分の顔が映った。

『修司さんのことを一番わかってないのは、他の誰でもなく、修司さんだ』

ミヤビの言葉が脳裏に浮かんだ。

「成功への唯一の近道は、遠回りすること……」

俺は、暗い画面の中の自分に言い聞かせるよう、呟いた。

時間は、誰にも等しく流れる。もちろん、俺にも例外なく。

走り抜けるように、季節は夏へと流れた。

会社が盆休みに入る前、父親は退職した。そこから二人はすぐに九州へと移った。

九州の家は、母の兄さん夫婦がすぐに荷物を運び入れられるように整えてくれていたらしい。

俺は引っ越しを手伝うために数日間休みを取り、両親と一緒に飛行機で九州まで飛んで、買い物やら掃除やら力仕事やらと奔走し、帰ってきた。

東京にある両親が残した家には、まだ住まなかった。もしかしたらあちらでの生活が思うようにいかず帰ってくるかもしれないと思ったし、今の会社に通うにはどうにも遠すぎる。けれど、この家が残ったことが、俺にとっては大きな意味を持った。

九州から帰ってまず、土産片手に千紘に会いに行った。

「まだまだ知らない種類のお砂糖があると思うから、探しに行ってみたくって」

俺が言うと、千紘は「いいなあ、楽しそうだね」と笑った。

「帰ってくるときは連絡するし、何か困ったことがあったら言ってくれよ」

「修司くんって、自由だよね」

千紘の言葉に俺は驚いた。

「この俺が、そんな風に言われる日がくるとはね」

真面目、真面目と言われ続けてきたのに。

「感慨深いよ……」

俺はポツリと呟いた。


次は事務所を訪れた。もちろん土産も持って。

いつもの扉をギギーッと開くと、中からはいつも通り、コーヒーのいい香りと、慣れ親しんだゆるい空気が漂ってきた。

「あれー、修司さんじゃないッスか。もう出勤でした？」

ミヤビが椅子にもたれてストレッチしながら尋ねた。

「修司くん、お帰りなさい」

道野辺さんがコーヒーカップを手に微笑んだ。

「ただいま」

俺は、この愛おしい空気を胸いっぱいに吸い込んだ。

「二人にお土産持ってきました」

紙袋をかかげると二人は同時に「おー」と、嬉しそうな声を上げた。

「さっき、本社に寄ってきたんだ」

俺がニッコリ笑うと、二人は何かを察したように、少し切なげに笑った。

シュー ッとお湯が沸く音がしていた。

「今日は、予約入ってないんだよね」

俺がいつも依頼人が座るソファへ腰かけると、ミヤビが「ないッスよ」と言いながら、俺の前に座った。俺はそこでお土産の包みを開けた。しばらくすると、道野辺さんが俺たち三人分の新しいコーヒーをテーブルに置いた。

「ありがとうございます」

「今日は、特別にブルーマウンテンですよ」

道野辺さんは、悲しそうに微笑んだ。

俺たちはしばらく田舎がどんなところだったかと話をした。

「マジで信号ないんスか？」

「車用のはあるけど、人用のは家の周りにはないね」

他愛もない話をしながら、お土産の銘菓を食べた。

「コーヒーによく合いますね。おいしゅうございます」

「本当ッスね。あー、やっぱりブルーマウンテンはサイコー」

みんなが本題に入るのを避けている気がした。

俺も、できることならこのまま、今まで通り、この温かな空気の中に肩まで浸《つ》かっていたかった。菓子を食べてコーヒーを飲んで、このまま「じゃあ」と帰りたい衝動にかられた。けれど、そんなこと言ってられない。これは、大事なけじめだった。

「今日は、二人に話したいことがあって」

二人の空気が一瞬変わったのがわかった。ミヤビも道野辺さんも、少し目を伏せた。

俺はしっかりと二人を交互に見つめた。

「俺、今年いっぱいでこの会社を辞めます」

二人が同時に軽く目を閉じた。先に口を開いたのは、やっぱりミヤビだった。

「辞めて、何するんスか？」

前のように、怒った聞き方ではなかった。

「今ね、実家に誰も住んでいないんだ。だから、今の部屋を引き払って、実家に戻る。ありがたいことに家賃もかからないから、そこを拠点として、ちょっと旅行をするよ」

「旅行？」

ミヤビが怪訝そうな顔をした。

「うん。今まで貯《た》めたお金の半分くらいを目途に、いくつかの国に行って、そこで少し生活とかしてみて、色々触れてみようと思って」

「留学、ということですか？」

道野辺さんが口を開いた。

「一か所で長く、というよりは、色々な国を見てみたいんです。できれば、ボランティアとか、何かちょっとでも現地に触れられることをしながら」

「向こうでやりたいことがあるんスか？」

「実は拓と連絡を取ってて、おいおい拓のところでボランティアをさせてもらうことになると思うんだ。でもおんぶにだっこは嫌だし、迷惑かけないくらいの英語力は身につけたいから、その前にどこかの国で集中的に英語を学んでこようと思ってる」

「いつの間にー」

「拓と一緒なら、安心ですね」

二人は口々に言った。

「俺ね、一番の問題は自分に自信がないことなんだ。どうして自信がないかっていうと、やっぱり知ってることが少ないからなんだよね。例えば、ミヤビは美容のことに詳しくって、道野辺さんはオールマイティーに雑学王だし、でも俺にはこれってものがない。全てが平均点で、秀でたものがない。音楽やスポーツやアートもできなければ、言葉が通じない場所で一人で生活したような経験もないし、何かに特化した知識もない。だから今はとにかく、自分が知らない色々なものに触れてみたいんだ」

「いい考えだと思いますよ」

道野辺さんが微笑んだ。

「修司さん、楽しそうッスよ」

ミヤビもいつものように笑った。

「俺がもっとパワーアップすれば、依頼人にも、もっといいアイデアが出せるかもしれないし、今の俺には思いつかない方法で助けてあげられるかもしれない。引き出しを増やすための期間にしたいんだ。だから……」

俺は息を吸った。

「納得したら、また日本で仕事をします。そのときはまた、この会社で働きたい」

正解は、いつもシンプルなものだ。

答えはいつも、一番そばに落ちている。

俺はようやく、それに気づいた。

「次はきっと、自分の意志でこの会社を選んで、そしてもう一度選んでもらって、自信をもってここへ帰ってくるよ」

二人の表情がほころんだ。

「そのときにはもう、席がなくなってるかもしれないッスよ？」

「そうしたらまた、自分の席を自分で作ってみせるよ」

「社長面接で落ちたりして」

ミヤビが意地悪くニヤリと笑った。

「受かるまで何度でも挑戦するよ」

俺は二人の顔を交互に見つめた。

「だから、またここへ帰ってきてもいいですか？」

「もちろんですよ。待っていますよ。ぜひ私が生きているうちに」

道野辺さんが、目頭を押さえた。

「はい。もっともっと成長して、色んな武器を携えて、どんな依頼がきたって任せろって胸を張って言えるようになって帰ってきます」

胸のつかえが取れた気がした。もうずっとずっと、ひょっとしたら小学生の頃からすでに自分の中にあった『自分は特別じゃない』という、刺さったままの棘。成長するにつれて、夢を追う人を見るたびに、だんだん杭《くい》のように大きくなっていた。

それが今ようやく溶けて、俺は初めて、胸の奥から深い呼吸ができた気がした。

「それにしても、よく思い切ったッスねー。今の安定を捨ててまで」

「うん、今がタイミングかなって。結婚とかしたら自由に世界中ってのは難しいだろうし。家賃払っとかなくても帰れる家もあるし。まだ体力もあって、病気もケガもしてないし。もう今しかないって思ったんだ」

「サイコーのタイミングッスね」

「そうですねえ」

二人が笑顔で顔を見合わせた。

「修司さん、長々と話してましたけど、要するにあれッスよね。三十過ぎて自分探しの旅に出るって、かなりありがちなパターンッスよね」

「言わないで、それ」

本当にこいつはいつも一番痛いとこをつく。

「いいじゃないですか。人生とは旅そのものですから」

「さすが、道野辺さん」

「半年でここに帰ってくるかもッスね」

「さすがに半年は……せめて三年はって思ってるんだけどね」

俺は苦笑した。

「おや、これは思ったより早そうですね」

道野辺さんもニヤリとした。

「あ、そうそう。有休とか使うと、ちょうど創立記念パーティーまではここにいることになるから、これからもよろしくね？」

慌てて大事なことを付け足した。

「えー、どうしよっかなー」

「どうしましょうかねえ」

「道野辺さんまで……」

三人で声を上げて笑った。

俺の大好きなこの温かい空気を、その日までは存分に心に溜《た》めておこうと誓った。


それからしばらくした後だった。

いつものように事務所に入ると、中でカシャッという音がした。

「はーい、いい感じ。ちょっとこっち向いてー」

女性が、ミヤビに向けてカメラのシャッターを切っていた。

「……なにしてるんですか？」

恐る恐る道野辺さんに尋ねると、女性がこっちを向いた。

「おっ、きたねー。ニューフェイスが」

言うや否やカシャッとシャッターを切った。

「創立記念パーティーで使うらしいですよ」

道野辺さんがいつもの笑顔で答えた。

「いや、建物を撮りに来たんだけど、面白そうな人がいたからつい、ね」

ミヤビか。確かに面白そうな恰好をしている。

「二人もいると思ったら、三人に増えたわ」

カメラマンの女性は「ははは」と笑った。

道野辺さんはまだしも、俺まで『面白そうな人』に入れられてしまった事実に、衝撃を受けた。

「はー、美味しい。ありがとうございます」

一通り撮り終わった彼女は、ソファに座り道野辺さんが淹れたコーヒーを飲んだ。

「あ、わたしこういう者です。お仕事の依頼があればお気軽に。でもあんまり日本にいないんだけどね」

彼女はカラッとした笑い声を上げた。

「修司さん、話きいたらどうッスか？　この人、今度自分探しの旅に出るんスよ」

「ミヤビ、言い方に悪意があるよ」

彼女は「へえー」と興味深そうに俺を見た。

「やっぱり、三人とも面白そうな人だって思ったのよ」

そう言うと彼女はサッとカメラを構えて、カシャッとシャッターを切った。

「面白いのよ。ファインダー越しに覗くとね、その人が天使の顔をしているか、悪魔の顔をしているか、わかっちゃうの」

「マジッスかー！」

ミヤビが声を上げ、彼女も再び声を上げて笑った。

「彼女はとても有名な、世界的なカメラマンなんですよ」

道野辺さんが言った瞬間、またカシャッと音がした。

「驚いた顔もいいわね」

彼女はふふふと笑った。カメラを構える彼女は本当に楽しそうだった。

「社長に呼ばれたのよ。創立記念パーティーするから写真撮れって」

そんなすごい人を呼びつけてしまうのか。やっぱり社長はすごい人なんだなと、再確認した。

「社長って謎ですよね……」

「そう？　わかりやすいと思うけど」

彼女はさらりと答えた。

「昔からのお知り合いなんですか？」

「もう二十年以上になるかな？」

「昔の社長ってどんな感じだったんですか？」

「今とあんまり変わらないわよ」

ぽっちゃり、というか威風堂々とした社長の体型が頭に浮かんだ。

「想像つきません」

「今と変わらず、天使みたいな人だったわよ」

「余計に想像つきません」

「あらだって、今でもあの人、天使みたいじゃない」

やっぱり才能ある人は変わってるなあ。俺はしみじみそう思った。

STAGE 0
天使か悪魔か

こんなことを言ってもきっと誰も信じてくれないとは思うけど、わたしは天使に会ったことがある。小さい頃に絵本で見た天使はくるくるした金髪の子で、背中に白い大きな羽がついていて、頭の上には金の輪っか、手には星のステッキを持っていた。

わたしの知っている天使は二人いる。

一人はちょっと太っちょのおじさんで、もう一人は可愛い少年だ。

彼らは間違いなく、わたしにとっては天使だったのだ。

わたしが四歳の頃、両親が離婚した。

アルバムを開くと、わたしとお母さんの笑顔の写真がたくさんある中、ところどころが歯抜けになっている。歯抜けになったその部分は、少し黄ばんだ台紙に比べると真っ白できれいだった。真っ白な空間が、アルバムにはいくつもある。最初多かったその真っ白な空間の数は、わたしが成長するにつれて少なくなり、四歳の誕生日を最後に、すっかり消えた。

四歳を過ぎても、わたしの写真はたくさんあった。けれどお母さんの写真はほとんどないと言っていいほど少なかった。それもそのはず、お母さんの写真を撮ってくれる人がいなくなったのだから。

わたしが七歳になった頃から、お母さんの写真が再び現れた。最初のお母さんの写真は、もはやお母さんかどうかわからないほどブレブレだった。けれどお母さんはその写真をアルバムに入れていた。

それは、わたしが生まれて初めて撮った写真だった。

少し前にお母さんが言っていた。

「あかりがもしプロの写真家になったら、この写真がきっと役に立つわ」

ちょっと写真が好きなくらいでは、プロの写真家にはなれないと思った。たとえプロの写真家になれたとしても、『最初の一枚』が意味を成すような有名写真家になんてなれるのはほんの一握りだし、きっと一生なれない。

そう思ったけど、口には出さずに笑っておいた。

まだ四歳の娘がいるのに離婚したこと。それ以来、わたしと一度も会っていないこと。母が父の話を一切しないどころか、アルバムに一切の写真を残していないこと。母の両親、つまりわたしの祖父母が父を忌み嫌っていたこと。そういったことからも、恐らく父によほどの非があったのだろうということは容易に想像がついた。

思春期の頃は理由を教えてほしいと強く思っていた。実際母に問いただしたこともあった。しかし母は「価値観の違い」としか答えなかった。

そのうちにわたしも成長し、それにつれて理由などどうでもいいような気がしていた。今さら酷《ひど》い父親の話を聞いて男嫌いになりたくないし、万が一想像よりもはるかに酷な、例えば犯罪が絡むような事情だった場合、知らないほうが幸せかもしれないと思ったのもある。

それなのに、わたしはその理由を予期せぬ形であっさり知ることとなってしまった。

一時間ほど前のことだった。アパートの前に男の子が立っていた。

思いつめた表情で立ちすくんでいるその子を横目に、アパートの階段を上ろうとしたそのときだった。

「……あ、あのっ……！」

上ずった声で、その人に呼び止められた。

「はい……？」

わたしは少しだけ警戒しながら、立ち止まって振り向いた。

その人はなぜか泣きそうな表情で、切羽詰まっているように見えた。

トイレ貸して……とか？　わたしは頭の中で考えた。

その人は、何度も口を開きかけては閉じ、開きかけては閉じを繰り返し、意を決したように「あのっ……」と、もう一度わたしに呼びかけた。

「奥村《おくむら》あかりさん……ですか……？」

いよいよ怪しいと思った。

わたしは体をねじり後ろに手を隠すようにして、上着のポケットの中にある部屋の鍵を握った。

彼はわたしとは一定の距離を保ったまま、唇を噛みしめた。

スキを見て中に入ったほうがいいだろうか、そう思った瞬間、彼は口を開いた。

「僕、あなたの弟です」

声も出なかった。

頭の中がパニックを起こしていた。

けれど、すぐに意味はわかった。

それは、今までわたしが想定していた理由の、わりと上位に入るものだったからだ。

すぐに冷静さを取り戻したわたしには、何よりもまず、訊きたいことがあった。

「……いくつ？　年」

その、まだ少年のような顔をした彼は、ぼそっと答えた。

「十七です……」

私の四つ下。それでだいたいの事情がわかってしまった。

つまり、他所に子供ができたから離婚したのだ。わたしとお母さんは、父に捨てられた。ありがちな話だと思った。

そのことを頑なにわたしに明かさなかったのは、母の意地なんだろうか。

わたしはアパートの階段を上るのをやめ、彼に近づいた。彼は、明らかに緊張したように顔を強張《こわば》らせ、両手をぐっと握っていた。

「どうしてここに来たの？」

「……姉がいるって、聞いたから……」

「いつ知ったの？」

「高校生になったときに教えてもらいました。そこから悩んで、今日会いにきました」

「……それで？」

少し意地悪く訊いた。

彼は黙って、バツが悪そうに視線を下げた。

「何か用なの？」

彼は微かに首を振った。

「ただ……ただ、会ってみたかっただけ……」

そうして、蚊の鳴くような声で「すみません……」と呟いた。

それは今まで経験したことのない、奇妙な感情だった。

わたしの弟。半分は血のつながった、弟。

わたしよりもずっと背の高いはずの男の子が、なんだか小さく見えた。

すっかりしょげきって、視線は頼りなく宙を泳いでいる。

永遠にも思える沈黙が続いた。

会いにくるなら言葉くらい用意しとけよ。わたしは心の中で毒づいた。

「………すみませんでした」

彼はまた、見た目からは想像できないほど細い声でそう言うと、くるりと踵を返した。

「ちょっと待ってよ！」

わたしは思わず叫んだ。彼はびくっと振り返った。

「あなたはわたしのことを知ってるみたいだけど、わたしはあなたのこと何も知らないんだけど」

だからなんだって言うんだ。自分で自分に問いかけた。

「……すみません」

彼はまた頼りなさげに呟いた。

「別に、何かあったわけではないんだよね？」

それは、わたしの父に、という意味だった。

「違います……」

彼は項垂《うなだ》れたまま答えた。

「とりあえず……連絡先」

彼は「え？」と顔を上げた。

「何かあったとき用の」

何かって、なんだ。冷静なようで冷静でない自分に気づいていた。

「あ、はい……！」

予期せぬ申し出だったのか、彼は慌てて携帯電話を取り出した。慌てすぎて、派手にそれを地面に落としたくらいだった。


今、わたしの手の中には『弟』の連絡先が書かれたメモがある。

名前を訊くのを忘れたから、弟としか表現しようがない。

知らず知らずのうちに溜息がこぼれた。

わたしは再度アルバムを初めからめくった。

ふと、わたしが二歳のときの、誕生日の写真の構図に違和感を覚えた。

バースデーケーキを前にした、わたしとお母さんのツーショットだと思っていたが、よくよく見てみると、わたしの左側だけが切り取られている。

「気がつかなかった……」

本当によく見ないとわからないほどきれいに切り取られたわたしの左側には、ほんのわずかに洋服の袖のようなものが写っていた。

そのベージュの袖は、わたしにぴったり寄り添っているように見えた。

それを見ても、驚くほど何の感情も湧かなかった。

わたしはその写真のページの保護フィルムをぺりぺりと剝がした。台紙にぴったりと張りついた写真の角を、爪でカリカリと持ち上げてみる。

取り外した写真には、やっぱり切り取られたような歪みがあった。

本来なら、幸せそのものの三人家族がここに写っていたんだろう。

わたしはその写真を戻さずに、アルバムをパタンと閉じた。

一時間前に見た、思いつめたような彼の表情を思い出した。

弟か……。

父親には一ミリの興味もないけれど、弟にはまた違う感情が湧き上がった。

いうなれば彼だって被害者だ。好き好んでそんな境遇に生まれてきたわけではないのだから。彼からはわたしに対する敵意を感じなかった。きっと会いにきたのは、彼が言った通り、会ってみたかったというただの興味だろう。悩んで会いにきたと言った。今まで気がつかなかっただけで、ここへきたのだって今日が初めてではないのかもしれない。

別に十七歳になった弟を見て可愛いとは思わないが、特に気持ち悪いとも、いやだとも思わなかった。

『ただ、会ってみたかった――』

わたしが先に話を聞いていたら、同じように思ったのだろうか。

この世のどこかにいる、見たこともない弟を、ただひとめ見てみたいと思ったのだろうか。

家の電話がプルルルと鳴った。

「僕だよ」

受話器をとると、聞きなれた声がした。

「おじさん、どうしたの?」

なぜかこの声を聞くとホッとする。

「元気にしてるかなと思って」

おじさんは、こうしてちょいちょいわたしの様子を尋ねる電話をくれる。

「元気だよ」

「いつもと変わらず？」

いつも、不思議と必要なときに電話をくれる。

「うん……」

彼が本当に弟なら、おじさんはきっと知っているはずだ。わたしは思い切って尋ねてみた。

「実は今日ね、わたしの弟だって人が家にきたの」

「それで、どうしたの？」

おじさんの声からは、動揺している様子は感じられなかった。

「本当に弟なの？」

わたしの問いに、おじさんは「さあ……」と答えた。

「僕はずっと海外に住んでいたから、妹の事情をちゃんと知らなかったからね。妹も話したがらなかったし、僕も無理に訊くようなことはしなかったんだ」

おじさんは申し訳なさそうに言った。

「そうだよね。前にもそう言ってたもんね」

「あかりは、どう思ったの？」

わたしは少し考えて、率直に言った。

「本当の弟だと思う」

「どうしてそう思うの？」

「お母さんはわたしにも離婚した理由をちゃんと教えてくれなかった。けど、違う人との間に子供ができたなら、納得する。言いたくなかったのも理解できるし、無理もないよ。だって……」

わたしは一度言葉を区切って、息を吸った。

「わたしなら子供に言えない。『お父さんはあなたを捨てたのよ』なんて」

おじさんは電話の向こう側で少し黙った。

「……そうだね。僕も、そう思うよ」

おじさんの声は、寂しそうにも、辛そうにも思えた。

それから、一週間が過ぎた。結局、弟に連絡はしなかった。

毎日、弟の残した連絡先を手にしたし、毎日、アルバムを見返した。

部屋の隅には、立派なフィルムカメラが置いてあった。母が若い頃買った特別なものだと言っていた。

わたしは久しぶりにそのカメラを手に取り、二部屋しかない小さなアパートの中、それを構えた。

いつものテーブル、いつもの窓、いつもの台所、床に広げられたアルバム。

カメラ越しに世界を眺め、床のアルバムに向け、シャッターを切った。

「………弟だって……」

彼の名前はなんていうんだろう。

彼の連絡先が書かれたメモを広げた。

家の電話機のボタンを押した。何度か押して、途中でやめたりした。とうとう最後まで番号を押しきると、受話器からプルルルと音がした。

「はい……！」

少し息せき切った彼の声がした。

「奥村……です」

「はい……！」

勘違いかもしれないが、彼の声は弾んで聞こえた。

「名前を……聞き忘れたので……」

彼はしばらく黙った。

「あの……もしもし？」

「すみません……！」

彼のハッとしたような声がした。

「あの……」

彼の声が受話器から聞こえることが、とても奇妙な気分だった。

「今から……会いにいってもいいですか……？」

「は⁉」

思わず大きな声がでた。彼は構わず続けた。

「今、家ですよね？」

家の電話からかけているのだから、そりゃそうだ。私は携帯電話を持っていない。

どうしてそんなことを言い出すのかわからなかった。

答えられないわたしに、彼は一方的に告げた。

「三十分で着きます！」

「え、ちょっと……！」

電話はプツッと切れた。

なんて勝手なんだろう。

「さすが、あの人の子供……」

口にして、嫌悪感が胸の奥底からふつふつと湧き上がった。

そう、あの子は、あの人の子供だ。

それでもわたしはそわそわしながら、三十分間、時計と睨めっこを続けた。時計の針が四十分を過ぎても、五十分を過ぎても、彼は来なかった。

「嘘つきか……」

とうとう一時間半が過ぎて、わたしは馬鹿らしくなった。

「あほらし」

そう呟いて、出かける用意をした。夕飯の買い出しに行こうと思った。

肌寒くなってきたので上着を羽織り、玄関を出て鍵をかけた。

鉄の階段をカンカン踏み鳴らして下りると、階段の下に誰か立っていた。

「えっ……」

驚いて声が出なかった。

弟は、パーカー姿で少し寒そうにしながら、壁にもたれかかっていた。

「な、にしてるの……」

わたしは唖然《あぜん》とした。

「行くって言ったから……」

彼はボソリと呟いた。

「ずっとここにいたの？」

彼はコクリと頷いた。

三十分でここへ着いて、それから一時間ずっとここにいたってこと？

わたしは混乱した。

「どうして……」

絶句するわたしをちらっと見て、彼は「よく考えたら、来てもいいって返事聞いてなかったし……」とまた俯き加減でボソボソしゃべった。

「バカ……なの？」

思わず口を衝いて出た。

彼はほんのちょっとだけ、口元を緩めた。

どうしてそこでちょっと嬉しそうな顔をするのか。本当に馬鹿なのかと思った。

「どこか、行くんですか？」

彼はわたしの恰好を見て言った。

「夕飯の買い出し……」

彼は「そっか」と呟き「すみません、忙しいときに」と続けた。

「別に、忙しくはないけど……」

「僕、野宮聡一郎《そういちろう》っていいます」

初めてはっきりとした彼の声を聞いた。

「わざわざ、名前《それ》を言いに来たの？」

彼は再びコクリと頷いた。

「それじゃ……」

それだけ言うと彼は踵を返した。さすがに驚いていると、彼はわたしに背を向けたまま「電話ありがとうございます」と言い、ダッシュで走り去ってしまった。

わたしは気づいたらいつものスーパーまで来ていた。

一体、さっきのは何だったのだろう。

わたしが部屋から出てこなかったら、いつまであそこで待つつもりだったのか。

そもそもなぜアパートの下なんかで……。勝手に来ると言ってきた割に、部屋までは来られずじっと待っている。自分勝手なのか何なのかわからなかった。

「ああ、もしかして……」

勢いで来たものの、母と顔を合わせたら困る、そう思ったのかもしれない。

「なるほど……」

自分の存在は、わたしたちにとって招かれざるものだとわかっているのだ。

「すみません」

突如、横から伸びてきた手が、わたしの目の前の豆腐を摑《つか》んだ。

「ああ！　すみません」

わたしはフルフルと頭を振ると、豆腐を買物籠へ入れ、夕飯の買い物を続けた。

その翌日だった。わたしが仕事から戻ると、彼はまたアパートの下にいた。

「……何してんの」

わたしは少々呆れ気味に言った。

彼はちょっと気まずそうな顔をして、コンビニの袋を差し出した。

なんとなくまだ警戒しながら、恐る恐るその中を見るとケーキが入っていた。

「なにこれ？」

彼は俯いたまま言った。

「明日、誕生日でしょ……？」

わたしはふーっと息を吐いた。

「そんなことまで知ってるんだ」

わたしは、この人のことを何も知らないというのに。

なんだか無性に腹が立った。

「いらない」

それだけ言うと、わたしは振り返らずアパートの階段を上がった。

玄関のドアを開け、ちらりと下を見た。

彼はまだそこにいた。ここからじゃ表情は見えなかった。

わたしはそのまま部屋に入り、バタンと扉を閉めた。

簡単な夕食を済ませ風呂から上がると、なんだか外が騒がしかった。

玄関を出てみると、隣の住人も出てきてアパートの下を覗き込んでいた。

アパートの下では何人かの男の人の声がしていた。

わたしも同じように下を覗き込んだ。そして「えっ！」と叫んだ。

わたしは寝間着にパーカーを羽織った姿のまま、大急ぎで階段を駆け下りた。

「どうしたの⁉」

弟が二人の警官に取り囲まれていた。

「……お知り合いですか？」

強面《こわもて》の警官がわたしを見た。

「は、はい……」

わたしはビクビクしながら答えた。

弟は今にも泣きそうな顔で「ごめんなさい……」とわたしに謝った。

「どういったご関係で？」

弟は何も言わなかった。

「わたしの……弟です」

「本当に？」

警官が鋭い目つきで尋ねた。

「はい……あの、わたしは今一人暮らしをしていて。明日わたしの誕生日だから、会いにくるって言ってたのに、すっかり忘れてお風呂入ってて……」

驚くほどスラスラと口が動いた。

「ほら、これ！　ケーキです！」

わたしは彼の持っていたコンビニの袋をひったくって、中を警官に見せた。

「部屋に身分証もあります。本当に明日誕生日なんです。持ってきましょうか?」

警官は「……一応、確認しても?」と言った。

わたしは走って階段を駆け上がり、財布をひったくって再度階段を駆け下りた。

「免許持ってないので、保険証しかないんですけど……」

提示すると、警官はそれを手に取った。

「あっそうだ、社員証もあります」

警官は社員証の顔写真と名前、それと保険証を合わせてしっかりと確認した。

「いや、彼は何も身分証を持っていなかったのでね」

「この子はまだ高校生なので。わたしはもう社会人なので、家を出て一人暮らししてるんです。最近なかなか会えなかったので、わざわざ会いに……」

わたしは彼のほうを向いた。

「ごめんね聡一郎、すっかり忘れてて。最近仕事が忙しくってさ」

彼は俯いてしょげかえっていたが、微かに頷いた。

「待たせちゃったよね、ごめんごめん。やっぱり合鍵作ったほうがいいかなあ」

わたしは警官の前で、さも『姉らしく』見えるよう人生最大の大芝居を打ちながら、一生懸命に笑った。

警官は「これからは気をつけてね。近所の人が怖がるからね」と注意をし、帰って行った。わたしたちは頭を下げてそれを見送った。野次馬たちにも「お騒がせしました」と頭を下げ、ようやく辺りは静かになった。

わたしは頭を下げたまま大きく息を吐いた。

「何なのよ。どうしてつきまとうの」

声を抑え彼を問い詰めるも、彼は肩を落とし黙ったままだった。

わたしは再度、大きな溜息をついた。

「それ、もらうから。どうもありがとう」

手を差し出すと、彼はやっと顔を上げた。

「だからもう帰って。お願い」

彼は「ごめんなさい」と、コンビニ袋を差し出し、ようやく帰路についた。

それを見届けて、わたしもようやく部屋へと戻った。

床にペタリと座り込んで「はあー」と声に出して溜息をついた。

時計を見ると、二十三時をまわっていた。

一体彼は何がしたかったのだろう。

一体いつまであそこにいるつもりだったんだろう。

コンビニの袋の中から、二個セットになったチョコレートケーキを取り出した。

まさか、一緒に食べようとしたのだろうか。家に上がって？　それほど図々《ずうずう》しいタイプではないと思ったけど。それとも、もしかしたら……。

わたしはプラスチックケースの蓋をパカッと開けた。

「お母さんの分、とか……？」

久しぶりに食べたチョコレートケーキは、とても甘く感じた。

プルルルと電話が鳴った。

零時ちょうどだった。

「はい、奥村です」

受話器越しにパァンという音が鳴った。

「あかり、お誕生日おめでとう！」

「おじさん、もしかして、クラッカー鳴らしたの？」

部屋でクラッカーを鳴らしているおじさんを想像して、可笑《おか》しくなった。

「一番に祝おうと思って」

そう言われて、テーブルの上にある食べかけのチョコレートケーキに目をやった。

「明日、仕事の後に食事でもしないかい？」

おじさんからの誘いに、わたしは喜んで返事をした。

翌日、おじさんはちょっと素敵なレストランを予約してくれていた。

そこで、昨夜弟がケーキを持ってきたことと、警察沙汰になりかけたことを話すと、おじさんはぽっちゃりしたお腹を抱えて笑った。

おじさんとの食事を終え、帰路についた。アパートの前には誰もいなかった。

「さすがに、ね」

ホッとして階段を上っていると、下から「あのっ」と声がした。

まさか、と振り返ると、その〝まさか〟が、居た。

わたしは何度目かわからない深い溜息をつくと、階段を下りた。

「こっちきて」

彼をジロリと睨み、近所の公園まで早足で歩いた。彼は少し間をあけて、黙ってついてきた。

「一体、どういうつもりなの？」

彼はやっぱり情けなくしょげかえった顔で「昨日のこと、謝りたくって」と言った。

「やっぱり、馬鹿だよね」

わたしが言い捨てると、彼はまた「ごめんなさい」と謝った。

しかし今日の彼はいつもとは少し違った。

「あと、どうしても言いたいことがあって」

グッと顔を上げると、初めてわたしを真っすぐ見つめた。

「な、なに……」

急に強気に出られて、わたしのほうが戸惑って目を逸らした。

「昨日、言えなかったから」

鼓動が高まった。もしかして、何か言いにくいような真実を話すのだろうか。

彼を真っすぐ見返すと、彼も目を逸らさずに言った。

「お誕生日、おめでとうございます」

ガックリと気が抜けた。

「……それだけ？」

彼は「はい」と、また気まずそうに視線を逸らした。

「それじゃ……」

それだけ言って去ろうとした彼を、わたしは呼び止めた。

「待って。電話番号、教えとく」

彼は振り向いて、驚いたように目を見開いた。そして、抑えきれなかったように微笑んだ。

「また昨日みたいなことあったら、たまんないから。今度からは電話して。携帯電話持ってるんでしょ」

「はい……！」

彼は途端に元気になって、わたしが鞄からメモとペンを取り出すのを嬉しそうに見ていた。

「あと、一応、ケーキありがとう」

わたしは電話番号を書いた紙を彼に手渡しながら言った。

彼はとても嬉しそうに笑って、首を横に振った。

「でも、二個は多かった」

わたしがそう続けると、彼の表情は少し曇った。

次の言葉を続けるか、少し迷った。けれど、隠すことでもないかと思った。

「お母さん、去年死んだから」

彼がどういうつもりで近づいたのかわからないけれど、もしかしたら、これを心配しているのかも、と思った。

「だから心配しないで。あんたの父とうちの母が戻ることは、二度とないから」

彼の目が見開かれた。

「……ッ！」

声にならない声の後、彼は顔を覆った。

「……ごめ……」

言うや否や、嗚咽をあげて泣き崩れた。

瞬時に、しくじったと思った。

「なんで、あなたが泣くのよ……」

まさかそれほどショックを受けるとは思わなかった。

「別に、自殺とかじゃないよ。普通に、病気で……」

でも、精神的に疲弊していたし、お金を稼ぐために過労気味だったことも確かだ。

強いストレスは寿命を縮めるともいう。

つまり、お母さんはお父さんに殺されたようなものだ。

わたしだって、そう思っていた。

でも……。

わたしは隣で、大きな体を小さく折りたたんで泣きじゃくる『弟』を見た。

「あんたは、何も悪くないじゃん……」

私は、恐る恐る彼の震える背中に手を添えた。

初めて触った弟の背中は、見た目よりも骨がゴツゴツしていて、小刻みに揺れる彼の手は、わたしの電話番号が書かれたメモを握りしめていた。


翌週末、わたしは弟に二度目の電話をかけた。弟を傷つけたまま放っておくことは、姉として、気にかかった。

その夜、わたしたちは公園のブランコに揺られながら、初めてまともに言葉を交わした。

「僕は悪魔だよ」

彼は突然口を開いた。

「二人の人間を不幸にして、生まれてきたのが僕なんだ」

「不幸にしたのはあんたの親であって、あんた自身じゃないでしょ。そんなこと混同するほど、わたしは子供じゃないよ」

どの口が言うのか。今までの彼に対する自分の態度を思い返した。

「ていうか、ついつられて言っちゃったけど、別にわたし不幸なんかじゃないから。

それ、失礼だよ」

彼はハッとして、次にわかりやすく俯いた。

「ごめん……」

絵にかいたようなしょげ方で、ちょっと笑えた。クスクス笑っているわたしを、彼が不思議そうな顔で眺めた。

「あんたって、すぐ表情が顔に出るんだね」

なんとなく、彼は幸せな家庭で愛情を受けて育ったのではないかと思った。

そう思うと、彼の素直な表情がちょっとだけ憎らしく思えた。

それからわたしたちは、ちょくちょく顔を合わせるようになった。

だいたいは彼が突然やってきて、この公園でちょっと話をした。

電話番号を教えた意味はあまりなかった。

『弟』は、わたしが何か言うたびに、喜んだりしょげたりした。

わたしはそれを見るのが面白くて、少し意地悪もした。

それでも彼はわたしの元に通い続けた。

わたしは、ごくたまに弟を名前で呼ぶようになった。

「聡一郎」

弟が振り向いた瞬間、シャッターを切った。

「え？」

彼は驚いた顔をした。そこで再度シャッターを切った。

「気にしないで、趣味なの。これでも一応、プロのカメラマンを目指してるのよ」

彼は明らかに驚いていた。

「このカメラは、お母さんからの借り物だけどね。お金が貯まったらちゃんと自分のを買うんだ」

彼は戸惑ったような、強張ったような表情を見せた。

「ごめん、写真嫌いだった？」

彼はなぜか、とても辛そうに「嫌いじゃないよ」と微笑んだ。

それからしばらく経った。珍しく弟のほうから電話がきた。

彼は電話口で「次の休みに会いたい」と言った。わたしは「わかった」と答えた。

そしてその日、彼は思いもよらなかったことを口にした。

「もう、二度とここへはこないよ」

驚いてとっさに声も出なかった。

「……え、なんで？」

わたしは動揺を悟られないよう、平静を装って尋ねた。

彼は初めて会った頃のように、俯いて黙っていた。

しばらく沈黙が続いた。わたしはいくつか言葉を探したけれど、彼の真意がわからないままでは、どんな言葉を口にするのが正解なのか、結局わからなかった。

長い沈黙を経て、彼はようやく重い口を開いた。

「僕たち……姉弟じゃなかった」

意味がわからなかった。

「え……？」

わたしが姉じゃない。ということは……。

「人違いだったってこと？　あなたのお姉さんは、違う人ってこと？」

彼は黙って首を振った。

「どういうこと？」

「僕は……父さんの子じゃなかった」

「……どういうこと？」

わたしは鼓動が高鳴るのを感じながら、同じ言葉を繰り返した。

「血液型が違った。僕はA型で、母はO型。父もA型だと聞いていた。けど、見ちゃったんだ。父の健康診断の用紙を。B型になってた。Oの母とBの父から、A型の僕は生まれない」

わたしは、「B型だった。おそらく、父がB型というのは正しいのだろう。

「じゃあ……つまり……」

「僕の本当の父親は、他にいる。つまり、僕の母があなたの父と結婚するために、嘘をついたんだ」

彼の表情は、初めて会ったときよりずっと硬かった。

「本当にごめんなさい……。僕はあなたとは何の関係もないから……ごめんなさい」

じゃあ、この人は……。

わたしは彼の顔を見つめた。

この人は、ずっと父だと思っていた人と、姉だと慕おうとした人をいっぺんに失って、実の母からすら、裏切られていたということだ。

「僕の母さんが、ごめんなさい。謝って済むことじゃないけど、ごめん」

茫然《ぼうぜん》とするわたしに深々と頭を下げると、彼は「じゃあね」と踵を返した。

そのとき、ほんの一瞬目が合った。彼の瞳は悲しみに沈んでいて、絶望しているように見えた。

彼はそのまま駆け出した。わたしは彼を呼んだ。

「待って！」

彼は止まらなかった。わたしは彼を追いかけた。

「待って！　ねえ、待ってよ！」

わたしは必死で声を振り絞った。

「なんであんたが責任感じるの⁉　あんたは関係ないじゃん！　あんただって、被害者じゃん！」

走りながら、叫んだ。たまにすれ違う人がもの珍し気な視線を向けた。

「どうして子供が、親の事情に振り回されなきゃならないのよ！」

なぜこんなにも心が乱れているのか、わからなかった。

「関係ないじゃん！　あんたもわたしも、一人の人間でしょ⁉　関係ないよ！」

叫びながら、涙が出そうになった。彼が足を止めた。

わたしは息を切らせながら、彼の背中に追いついた。

「わたしはもう……あんたのこと弟だと思ってるから。結構、嬉しかったから。ずっと一人っ子だと思ってたし、昔から兄弟ほしかったから」

彼は背中を向けたまま、ただ突っ立っていた。

「本当だよ。七夕のお願いに弟か妹が欲しいですって書いたこともあるの」

わたしは乱れた息を整えながら、深く呼吸を繰り返した。

「それにお母さんだって、いま付き合ってる人がいて幸せだからさ」

「えっ……⁉」

彼が振り向いた。

「お母さん……って……？」

彼は驚愕《きょうがく》していた。

「ごめん……わたし……、わたし、嘘ついてたの！」

彼は困惑の表情を浮かべた。

「お母さんが死んだって言えば、あんたの父さんや母さんに伝わるかと思った！　あんたの父さんにはわたしの母さんに二度と近づいてほしくなかったし、自分のせいで不幸になったって思ってほしかった！　思いっきり後悔して、苦しんでほしかったの！　それくらい、憎んでた。ごめんなさい……」

自然と涙が一筋零《こぼ》れた。彼は状況を把握できないように、困り果てた表情で突っ立っていた。

「だから……わたしは、あなたを苦しめたかったわけじゃない……！　ほんとなの！　ごめんなさい……！」

わたしは深く頭を下げた。

その夜、おじさんに電話をした。おじさんは部屋まできてくれた。わたしはインスタントコーヒーを淹れて、おじさんの前に置いた。

「わたし、最低だった。自分の気持ちばっかりで、彼の気持ちなんて考えたことなかった。彼は何も悪くないのに。わたしより四つも年下なのに。まだ高校生なのに」

わたしが吐き出す思いを、おじさんは受け止めてくれた。

「あかり」

おじさんは静かにわたしの名を呼んだ。

「人はね、天使にもなれるし、悪魔にもなれる。中間の人間なんて滅多にいない。大抵の人は、そのどちらかになるんだよ」

おじさんはコーヒーを一口飲んで、穏やかな口調で諭すように続けた。

「そして、誰かにとっての天使は、誰かにとっての悪魔にもなる。きみのお父上がそうだったように」

確かに、あの人はわたしたち家族にとっては悪魔で、でもきっと、あちらの家族にとっては天使だったのだと思う。

「じゃあ、わたしはきっと聡一郎にとっての悪魔だ」

おじさんは、優しくわたしに微笑みかけた。

「果たしてそうかな。今日のきみは、天使だったと思うよ」

「でもわたしの存在を知らなければ……聡一郎は何も知らずに幸せに暮らしていたのかもしれない。どうしてあの人は、わたしの存在を聡一郎に話しちゃったんだろう」

眉間に皺を寄せるわたしに、おじさんはポツリと「何か事情があったのかもしれないね」と言って、再びコーヒーをすすった。


一週間、じっくり考えた。あの子が弟じゃなかったら、もう会う意味なんてないのかもしれない。けれど、なんだかあの子が他人とは思えなかった。

わたしは部屋にある鏡をじっと見つめた。わたしは父親の顔を知らない。部屋にはたった一枚の写真もなかった。わたしと弟は、似ているのだろうか。いや、他人なら似ているはずもないのだけれど。わたしは財布から一枚の写真を取り出した。

バースデーケーキを前に笑顔のわたしとお母さん。そして、わたしの隣にチラリと写る、ベージュの袖。

　これを見つけてから他の写真も注意深く見たけれど、父の痕跡が残っていたのは、結局これ一枚きりだった。徹底して父の痕跡を排除した、母。他の女性との間に子供を作り、わたしと母を捨てた、父。母は一体どんな思いで父と別れたのだろう。どんな思いで一人でわたしを育てたのだろう。

　わたしは、電話機の前に正座した。そして、あの番号を押した。

　プルルルルと受話器から音がした。

　しばらく音が鳴り続け、切ろうと思ったとき、応答があった。

「はい」

　久しぶりに聞いたような気がした。

「奥村あかりです」

　電話の向こうで少しの間があった。

「うん、元気？」

　優しい声だった。

「元気だよ」

　よかった。もう応えてもらえないかと思った。

「あの……」

わたしは勇気を振り絞った。

「あのね、わたしたち、血はつながってないのかもしれないけど……でも、なんていうか……ほら、姉弟だったかもしれないんだし……だから、別にたまに会ったり話したり、今まで通りでいいんじゃないかなって」

またしばらく間があった。

「……あかりさん、僕のこと憎くないの？」

初めて名前を呼ばれた。

「前も言ったけど、子供は関係ないよ。どちらかっていうと、わたしたちは被害者だよ。わたしもあなたも、立場は同じだと思う」

「……ありがとう」

彼はしみじみと言った。

「それで……キャッ！」

「どうした⁉」

「うわあ！」

わたしはその場から飛びのいた。大きな蜘蛛《くも》が目の前の壁にいた。

わたしは紙を丸めて、格闘しながらなんとか蜘蛛を部屋の外に放り出した。

「あーびっくりした」

ホッとして、電話をしていたことを思い出した。電話は切れていた。彼もきっと驚いただろう。わたしはすぐに電話をかけなおした。しかし、三度かけても電話はつながらなかった。

その数分後だった。

「姉さん！」

叫び声と共に、ドアをドンドンと叩く音がした。

「大丈夫⁉ 姉さん！」

また警察を呼ばれてしまう！ わたしは慌てて玄関へ向かった。

カチャリと鍵を開けると、すごい力で扉が開き、彼が飛び込んできた。

「何があった⁉」

あっと思ったときには遅かった。止める間もなく、彼は部屋に上がり込んだ。

「聡一郎！ 入っちゃダメ！」

わたしは慌てて叫んだ。

「入らないで！ 出て！ 早く！」

私のあまりの剣幕に、聡一郎は立ち止まった。

「ごめん……」

素直に退こうとした、そのとき、彼はそれを見つけてしまった。

あるはずのない、位牌《いはい》と遺影。

小さな小さな仏壇には、まぶしいほどの笑顔を見せるお母さんがいた。

生きているはずの、わたしの、お母さん――

聡一郎はそれをじっと見つめた。

そして、見たこともないような悲し気な顔でわたしを見た。

「嘘つき……」

そう言って彼は、首を垂れた。

ずっと嘘をつき続ける覚悟はあったのに。

いないはずのお母さんの話をし続けるくらいの覚悟はしていたのに。

こんなにも、あっさりバレてしまった。

「……ごめん」

わたしが取り繕うように笑みを浮かべると、聡一郎の目には涙がいっぱい溜まっていた。

改めて、聡一郎を部屋に招き入れて、わたしは急須にお湯を入れた。

「さっき……めっちゃ『姉さん』って呼んでたね」

わたしは空気を変えようと、少しからかうように言った。

「ごめん……」

聡一郎は、わたしを姉さんと呼び続けた。それを嬉しく感じている自分がいた。

「別に、謝らなくてもいいけど。ほら、ちょっとの間だけ姉弟だったし」

わたしはマグカップにお茶を注いで、聡一郎の前に置いた。

「ごめんなさい……僕も……嘘ついてた……」

聡一郎は、今までに何度か見せた顔で項垂れた。

「父さん、本当の父親じゃないなんて……」

わたしは「え？」と、変な声を上げた。

「ごめん……」

すぐには理解できなかった。

「え？　何が？　何が嘘なの？　血液型の話？　勘違いだったの？」

わたしは急須を持ち上げたまま、矢継ぎ早に問いただした。

「話自体が嘘なんだ……。父さんと僕はちゃんと血が繋《つな》がってる。もちろん、姉さんとも」

わけがわからなかった。

「わたしたち、やっぱり姉弟ってこと？」

聡一郎は黙って頷いた。わたしは混乱を抑えようと、とりあえずお茶を一口飲んだ。

熱さにびっくりして、逆に少し落ち着いた。

「なんで、そんな嘘ついたの……？」

「このまま会い続けたら、姉さんはきっと父さんのことに興味を持つと思ったから

……父さんのことを知ってしまうんじゃないかって思ったから」

彼が部屋の隅に視線をやった。

「知ってしまうんじゃ……？」

どうして、知ったらダメなの？

聡一郎の視線の先を追った。さっきから彼が気にしている、その場所にあるものは、

お母さんの大事なフィルムカメラだった。

「お父さん……カメラマンだったんだ……」

聡一郎がそう呟いた瞬間、全てが腑《ふ》に落ちた。

高そうなフィルムカメラを持っていたわりには、写真があまり上手ではなかったお母さん。わたしが写真を撮るたび、嬉しそうに、でもたまにほんの少し辛そうな表情を見せたお母さん。

『〝お母さん〟が若い頃に買った大事なカメラ』

その本当の主語は〝お父さん〟だったのだと、容易に想像がついた。

お父さんは、その大事なカメラを置いていった。なぜだかわからないけれど、置いていった。そして、お母さんはその憎いはずのお父さんが置いていったカメラで、お父さんの代わりにわたしを撮り続けた。

「どうして……？」

気づくと声に出ていた。

一枚の写真も残さず、お父さんの痕跡を消したお母さん。

お父さんの置いていったカメラを、大事に使い続けたお母さん。

相反するようなお母さんの行動。

お母さんの気持ちは、わたしにはわからなかった。

「ごめん……」

聡一郎は声を絞るように言った。

「ちがう、聡一郎に言ったんじゃ……」

そこまで言って、わたしは大切なことに改めて気づいた。

「そっか……。じゃあ、あんた本当にわたしの弟なんだ」

「そうだよ……姉さん……」

聞こえるかどうかほどの声で呟くと、聡一郎は微かに笑った。

「わたしがカメラマンを目指してるって言ったから？」

聡一郎は「うん」と小さく答えた。

「そのカメラも『お母さんの』って言ってたし、もし父さんがカメラマンだったって知ったら、そのカメラを捨てて同じ道を目指すことを辞めてしまうかもって思った」

だから、嘘をついたんだ。わたしのためを思って。

「親はともかくさ、わたしたちは……」

そこまで言って、わたしは言葉を止めた。

「でも……そっか……」

聡一郎は「うん？」と首を傾《かし》げた。

「あなたのお母さんが、嫌がるよね。あんまりわたしたちが仲良くすると」

「うちはどうでもいい」

間髪いれず、聡一郎が答えた。

「そういうわけにもいかない」

「気にしないで。僕、言わないから」

「わたしに会ってるってこと、ご両親はまだ知らないの？」

「……うん」

「これからも、親に内緒で連絡とるってこと？」

「……うん」

「そっか……」

わたしにとっては、嬉しい提案だった。けれど罪悪感がないこともなかった。

「僕は……できるなら、姉さんの力になりたい。これからずっと」

「なにそれ」

「僕はすでに、あなたのお母さんにとっては悪魔だから。だから、せめてあなたにとっては天使でいる……ように、努力する」

そんな思いで、わたしに会いにきてくれたんだ。まだ高校生なのに。自分のせいじゃないのに。そんなことを考えてたんだ。

「じゃあ、わたしも……努力する」

わたしは真っすぐに聡一郎の瞳を見つめた。

「わたしも、せめて、弟の前では天使でいるように」

わたしたちは、部屋を出て駅まで一緒に歩いた。

駅まで送って行くと、姉らしいかどうかはわからないけれど、せっかくなのでいつもと違うことをしてみようと思った。

「あのさ……、いる？　なにか、父さんの……その……」

聡一郎はもごもご言うと、ちょっと焦ったように「ごめん、いらないか」と一人で結論づけた。その様子が、なんだか可笑しく思えた。

「持ってるよ」

わたしは財布の中から写真を取り出した。

「ここ……」

「なに？」

聡一郎が横から写真を覗き込んだ。

「袖だけ」

聡一郎は何とも言えない顔で写真を見つめた。

「今は、これで充分」

わたしは少し笑った。

「万が一、顔が見たくなったら、そのときはまた相談する」

「うん……」

聡一郎は複雑な表情を浮かべた後、ほんの少しはにかんだ。

「なに……？」

彼は慌てて「いや」と目を逸らした。

「何よ」

わたしは下から顔を覗き込んだ。

「いや……相談……してくれるんだと思って……」

「するでしょ、そりゃ」

「うん、まあそうだけど……」

「なに、きもっ」

わたしはわざと意地悪く言った。

「えっ！ ……ごめん」

聡一郎はシュンとした。

「嘘だよ」

やっぱり表情が豊かだなと思った。面白い。

「そうだね。相談するって、なんか姉弟っぽいよね」

わたしが笑うと、聡一郎もはにかむように笑った。

「そのうちおしゃれなカフェでお茶とかしちゃう？」

「別に、いいけど……」

「手始めに、そこのコンビニで肉まんでも買わない？　お腹すいちゃった」

「いいよ。僕、おごるよ」

「弟のくせに、生意気」

聡一郎は肉まんを買ってくれた。高校生のお小遣いから買ってもらうのはちょっと気が引けた。

「そういえばさっき、父さんはカメラマンだったたって言ってたけど」

聡一郎は、それが？　という表情でわたしを見た。

「だったって、過去形ってことは、今は違うってこと？」

やっぱりカメラで食べていくことは難しいんだなと思いながら訊いた。

「あ、ああ、うん……」

聡一郎は曖昧に答えた。

「今は、何してるの？」

「普通の……サラリーマン……」

「ふうん」

なんとなく、だった。ただの勘だった。けれど、それは勘と呼ぶよりもっと確信めいていた。聡一郎は、また嘘をついている。何かを隠している。

きっと、もっと大きな、何かを。

「聡一郎って、絶対まだ何か隠してると思うんだよね」

その夜、わたしは電話でおじさんに諸々《もろもろ》の報告をした。

「そういえば、おじさんってなんの仕事してるの？」

なんとなく尋ねてみた。

「普通のサラリーマンだよ」

「普通のサラリーマンって？　具体的には？　どこの会社なの？」

「どうしたの、急にそんなこと聞いて」

「わたし、考えてみたらおじさんのこと、何も知らないんだよね」

「そうかい？」

「お母さんのお葬式で会ったのが最初だったよね」

「そうだね」

「急にお母さんの兄さんだよって。驚いた」

「僕がずっと外国で暮らしていたからね」

よく考えてみれば、そんなことってあるのだろうか。

心の中にもやもやと霧がかかったような気がした。

出会った頃、聡一郎は言った。『僕は悪魔だ』と。

悪魔の顔と、天使の顔。人は両方を併せ持つ。

そうわたしに言ったのは――――。

「おじさん、聡一郎は悪魔だと思う？」

おじさんは「まさか」と笑った。

翌週、わたしは聡一郎を呼び出した。特に用事はなかった。カフェで他愛もない話をして、お昼ごはんを食べて別れた。目的はその後にあった。

前に聡一郎はわたしの家まで三十分で着くと言っていた。そのとき、思っていたよりも近いところに住んでいるんだなと思った。

　カフェを出た後、わたしは、聡一郎の後をつけた。

　わたしには一つ、疑念があった。

　聡一郎はわたしにつけられているなんてつゆ知らず、電車に乗った。降りたのは五つ先の駅だった。たった一本、乗り換えもなし。本当にこんな近いところに弟が、そしてわたしの父が住んでいたのだと驚いた。

　改札を出て、聡一郎は真っすぐ家路についているようだった。

　十五分ほどは歩いた。なるほど。ここで時間がかかるのか。尾行なんてしたことはなかったが、聡一郎に気づかれる気配はなかった。

　聡一郎はある家の前で立ち止まった。驚くほど、大きなお屋敷《やしき》だった。

　彼は玄関を開けた。間違いなくその家に住んでいる、そう思ったときだった。

　向こうから歩いてきた人が、同じ玄関前で立ち止まった。

　息が止まるんじゃないかと思った。

「ああ、お父さん、お帰り」

　聡一郎の言葉は、決定的だった。わたしは物陰から走り出た。

「おじさん……？」

二人が同時に振り向いた。間違いなく、おじさんだった。
『誰かにとっての天使は、誰かにとっての悪魔でもある』
わたしは踵を返すと、全力でその場から走り去った。
おじさんがわたしと、聡一郎の、お父さん……？
おじさんはわたしのお母さんの葬式にいきなり現れて、お母さんの兄だと言った。
今までずっと外国に住んでいたけど、この機会に日本に帰ってきたと。
今考えてみれば、そんな都合のいい話あるわけない。
あの優しいおじさんが、わたしと、お母さんを捨てた、お父さん……。
「姉さん！」
後ろから、腕を摑まれた。聡一郎はあっさりわたしに追いついた。
「わたし、お母さんから兄さんがいるなんて、聞いたことなかった。おかしいよね？
普通、話題にくらい出すよね？　どうして今まで気づかなかったんだろう」
「あかり」
息せき切ったおじさんの声もした。
「嘘つき！」
涙が溢れた。

「嘘つき！　嘘つき！　あんたたちなんて、大っ嫌い!!」

聡一郎が摑んだ手を振り払った。

「あかり、落ち着いて」

わたしに触ろうとしたおじさんの手を、払いのけた。

「触んないで！　あんたのせいでお母さんは死んだのよ！」

「姉さん！」

涙が混じった聡一郎の声がした。

……嘘つきのくせに。わたしは聡一郎を睨みつけた。

「僕は、あかりのお父さんじゃない」

おじさんの声に、我に返った。

「……嘘ばっか。さっきお父さんって呼ばれてたじゃない……」

「あかり、聡一郎は僕の息子だ」

涙が一瞬、止まった。

「なに？　何なの？　じゃあ、やっぱり聡一郎は、わたしの弟じゃないの？　何がどうなってるの？　わけわかんないよ……」

頭がぐちゃぐちゃで、再び流れ始めた涙はもう止まらなかった。

「姉さん、ごめん！　僕が悪いんだ！　僕が、僕が会いたいって言ったから……！

全部、僕のせいなんだ！」

何も頭に入ってこなかった。

「あかり。これから話すことに嘘は一つもないと約束する。だから、聞いてほしい」

おじさんがわたしの腕を取った。わたしはぼうっとした頭のまま、おじさんに連れられるがまま、大きなお屋敷の中へ入った。


立派な部屋に通されると、わたしはペタンとソファに座った。

おじさんは聡一郎に「僕が話すから。とりあえず二人にしてくれる？」と言って、聡一郎に席を外させた。

「あかり。まず、きみにずっと嘘をついていたことを、謝らないといけない」

おじさんはわたしの前に座った。

「僕は、きみのお母さんの、お兄さんではないよ」

わたしは、目の前の、父でもおじさんでもない人をじっと見つめた。

「僕は、浩一郎《こういちろう》の、きみのお父さんの、弟だ」

聞きなれない名前に、理解をするのに時間がかかった。

「きみのおじさんであることに変わりはない。けれど、お母さんの兄ではなく、お父さんの弟なんだ」

「………え………」

それしか言葉が出なかった。

「そして聡一郎は、僕の養子。すなわち戸籍上れっきとした僕の息子なんだ」

おじさんは、おじさんだった。そして、聡一郎のお父さんでもある。

浩一郎という聞きなれない名前が、わたしの頭の中をぐるぐる掻きまわした。

「あかり。浩一郎の、きみのお父さんの話をしてもいいかな？」

おじさんは、切なく、そして優しく微笑んだ。

「僕と浩一郎は、ここ野宮家に兄弟として生まれた。父は大きな会社を経営していて、天使の顔も悪魔の顔も持つ、商売人だった。長男である浩一郎は跡取りとして特に厳しく育てられ、それに強く反発した彼は、野宮の家を捨て、世界を放浪し、プロのカメラマンとして生計を立てるようになった。その後、きみのお母さんと出会い、結婚して、あかり、きみが生まれた」

わたしはどこか異国の話を聞くような感覚で、わたしのお父さんの物語を聞いた。

「けれど、浩一郎は大きな罪を犯した。別の女性との間に子を作った。それが、聡一郎。正真正銘、あかりの弟だよ」

聡一郎の名前に、意識が呼び戻された。

「きみのお母さんは、とても誇り高い人で、お父さんのことを決して許さなかった。浩一郎の一切の痕跡を消し去り、野宮家からも遠く離れ、連絡を絶った」

とてもお母さんらしいと思った。お母さんはとても強く、賢く、そして少し頑なな人だった。

「僕が次にお母さんと会えたのは、お母さんがご病気になられたときだった。お母さんのほうから僕に連絡がきた。そして、自分亡き後、あかり、きみのことを支えてほしいと頼まれた。それは、今まできみのお父さんが送り続けた養育費を貯めた口座の管理だったり、そんなことだ」

お父さんが養育費を払っていたことすら、わたしは知らなかった。

「お母さんは、そのことをあかりに謝っていた。もともとあかりが二十歳になったら渡すつもりだったみたいだ。それまでは自分一人が稼いだお金であかりを育てたかったと。それは女として、母としての意地だったと言っていた。けれどご自身が病気になってしまい、渡そうと思ったお金に関しては、自分がいなくなった後本当に困ったときのために使えるようにと、僕に管理を任せた」

おじさんは、わたしを再度しっかりと見つめた。

「僕の名前は、野宮欣二郎《きんじろう》。兄は野宮浩一郎。兄の息子が聡一郎だ」

おじさんは、紙にそれぞれの名前を書いた。

「男は生まれた順に、一郎、二郎と名づけるのは野宮家の慣習でね。兄はそういった習わしも含め野宮の家を嫌って出て行ったが、息子の聡一郎にはそれに倣った名前をつけていた。人の心の奥とはわからないものだね」

おじさんは、憂いを帯びた目を少し伏せた。

「これが僕たちの関係だ。僕とあかりはおじと姪《めい》っ子で間違いない」

「どうして、最初から本当のことを教えてくれなかったの？」

おじさんは悲しそうに首を振った。

「とても言えなかった。僕が出ていくということは……。お母さんを亡くしたばかりのきみに、とても言えなかった。それに、きみにはきっとお父さんを恨む感情もあるだろう。余計な感情を排除できる、安心できる場所を与えたかったんだ。結果、大きな嘘をつくこととなった。申し訳なかった」

それには納得するしかなかった。私は両親の離婚理由すら知らなかったのだから。

「さて、他に気になることはあるかな？　もう嘘はつかない。何でも答えるよ」

一番気になること。それはもちろん、聡一郎のことだった。しかし、その質問をするのは少しはばかられた。

「なんでも訊いていいんだよ」

わたしのためらいを見透かしたように、おじさんは言った。

「どうして……聡一郎はおじさんの養子になったんですか？」

おじさんは、悲しそうに目を伏せた。

「それはね、さっきの話ともかかわるんだけど……」

おじさんは、一度目を固く瞑《つぶ》った。

「浩一郎が、事故で亡くなったからだよ」

それは、すなわち、わたしの父が亡くなっていたということだ。

少なからずショックを受けている自分がいた。

「彼は写真家だった。世界中を飛び回っていてね。危険な場所へも行っていた。撮影旅行中、山の事故だった」

もしかしたら、このことも聡一郎は隠したかったのかもしれない。プロカメラマンを目指すと言ったわたしにとって、この事実は辛いと思ったのだろう。

「でも、聡一郎のお母さんは……？」

普通は、父親が亡くなっても母親が育てるはずだ。

おじさんは、更に悲しみを深めるように、眉間に深い皺を寄せた。

「お母さんはね……精神を崩されてね。その一月後に自死したんだ」

「えっ……」

聡一郎の顔が目の前に浮かんだ。

ひょっとしたら、それがわたしに会いにきた理由だったのかと思った。

ご両親が亡くなってしまい、寂しさから、血の繋がった姉を求めたのかもしれない。

「それは、いつ頃の話なの？」

奇しくも、わたしが母を亡くしたのと同じ頃だったのかもしれない。

「聡一郎が、九歳のときだよ」

言葉もなかった。

そんなに小さい頃に？　両親を失って、おじさんの養子になって。

あの子が、あの優しそうな、幸せそうな顔をした子が、幸せな家庭で愛されて育った、そんな風に見えた彼がそんな辛い経験をしていただなんて。

「えっ、じゃあどうして、急にわたしに会いにきたの？」

おじさんの顔が優しく揺れた。

「きみのお母さんが亡くなったことを、知ったから」

最初から、知っていたんだ。

「聡一郎は野宮家の養子になったけど、あかりはもう成人していた。せめて自分が、あかりの一番近いところにいようと、あかりがひとりぼっちで寂しく思わないように、自分がそばにいようと。僕に直談判《じかだんぱん》したんだよ。早くあかりに会いたい、姉弟だと打ち明けたいって。僕が、あかりの生活や環境や、何よりも気持ちが落ち着くまでは待ちなさいって、止めていたんだ」

最初からずっと、わたしのために。

わたしが一人にならないために。

憎まれているとわかっていながら。

まだたった十七歳の少年が。

どうして、何を言っても嬉しそうにしていたのか。

どうして、あんなになついてくれたのか。

彼はただ、わたしにとっての天使であろうとしてくれていたんだ。

自分のことは、自分で悪魔と呼びながらも。

「どこが悪魔なのよ」

あの子は、わたしよりもよっぽど、天使だ。

「あかりのお母さんは、亡くなる間際に言っていたよ。『とうとう自分の口からは言えなかったけれど、もしもいつか出会う日がくるのなら、二人がお互いの存在を認められるようになればいいのにと、勝手ながら願ってしまう』って」

わたしの目から涙がぽろりと落ちた。

「わたし、聡一郎に会いたい」

おじさんのにっこり微笑んだ目尻からも、涙が落ちた。

「すぐに呼んでこよう。きっと、喜ぶよ」

聡一郎は、目を真っ赤に腫らして現れた。

わたしは、その少年が愛おしくて仕方なかった。

「この、嘘つき」

わたしが笑うと、目の前の天使もニッコリ笑った。

※　※　※

「今まで行った中で一番面白かった国ってどこですか？」

「うーん、どこだろうなあ。モンゴルの遊牧民の生活は興味深かったなあ」

あかりさんは答えた。

「モンゴルですって、修司さん！」

「いや、急にハードル高すぎるよ。徐々にいかないと」

「そっかあ。でも寂しくなるでしょう。あなたたち、みんな仲良しの顔してるもん」

ミヤビと目を合わせた。

「いや、そうでもないッスよ」

「そうでもないです」

同時に言った。

あかりさんは再度明るい声を上げた。

「みんなに会えてよかったよ。修司くん、残りの時間を大切に楽しんでね」

俺は「はい」と、自分に言い聞かすように答えた。

NEW GATE
ヒーローズ株式会社

駅の改札を出ると、住宅街に向かって歩く。晴れの日は布団を叩く音、曇りの日はご近所の話し声、雨の日は傘を開く音。ただ普通に暮らしている人々の息吹を感じる。その場所を抜け、一本路地を入ると、そこには今にも朽ちそうな古いビルがある。初めてここへ来たのはとても暑い日で、半信半疑でビルの中へ入ると、薄暗く埃《ほこり》っぽいエントランスにはエレベーターすらなくて、帰ろうかと思った。

あのときもしも帰っていたら、俺の物語はそこで終わっていたのかもしれない。

相変わらず薄暗い階段の下で、上を見上げたまま、終わっていたのかもしれない。

汗だくになってこの階段を踏みしめながら、何度も心折れそうになった。頼りない手すりだけを頼りに七階まで上がると、そこからの景色は変わった。

そうしたら次もいつの間にかまたここへきて、長い階段を見上げていた。

あれから何度この階段を見上げ、踏みしめただろう。暑い日も、寒い日も、雨の日も、たまに雪の日もあった。

まだたったの五年かもしれない。けれど、俺には十分に長い時間だった。二十代だったあの頃から、三十代になって、何か変わっただろうか。徐々に仕事に慣れ、こなしているような感覚を持つこともあった。けれど、依頼人を前にすると、毎回緊張した。この人の人生が変わるかもしれない、そんな高揚感と、本当に自分にできるのだろうかという、不安。この階段は、依頼人の前に出るための心の準備をするのに十分な長さだった。そしてきっと、依頼人もまた、不安な気持ちを抱いたまま、自分の決心を固めるために、一歩一歩この階段を踏みしめたのだろう。今ならそれがわかる。

最後の段を上がると、目の前に重厚な木の扉が現れた。まるでここだけ違う世界のような威風堂々としたこの扉は、今まで数多くの依頼人たちを迎え入れてきた。

そっと、扉に手をかけた。

この瞬間、いつでもあの日のことを思い出す。

扉は思ったよりも重く、意識を持って力を込めなければ開くことはない。

自分の手で、扉を開く。いつだって、自分の力で。

想いを込め、その腕に力を入れる。

ギギーーッと古びた音を鳴らし、部屋から零れた光を地面に長く長く映しながら、扉はゆっくりと開いた。

「今日はまた、一段と冷え込みますね。暖冬と言っていたのが嘘のようです」

道野辺さんはダブルのスーツに蝶《ちょう》ネクタイを合わせたスタイルだった。

「ね、本当に」

俺は肩をぶるっと竦《すく》めた。

「道野辺さん、そのスーツ超似合うッスねー」

ミヤビが満面の笑みで言った。

「そう、俺も思った」

道野辺さんは「いやいや、お二人こそ素敵です」と照れた。

「でしょー？　修司さん、オレは？　どうッスか？」

そう言うミヤビも、珍しくスーツをビシッと着こなしていた。

悔しいがよく似合っている。

「まああかな」

俺が答えると、ミヤビは「このツンデレさんめ〜」と俺の肩を強めにつついた。

「イテッ」

顔をしかめた瞬間、カシャッとカメラのシャッターを切る音がした。

カメラマンの奥村あかりさんが、笑顔で俺たちにカメラを向けていた。

「修司くん、さっきのいい顔だったよー。もう一枚ね。肩とか組んじゃおっか」

俺たちは三人で肩を組んだ。ここへきて初めてのことで、少し気恥ずかしかった。

「これが噂の、事務所の門番トリオねー」

「えっ、何ですか、それ」

初耳だった。

「地獄の門番みてーッスね。あれなんだっけ、頭が三つある犬？」

ケルベロスかよ。しかも番犬かよ。

「社員たちから『裏ヒーローズ』って言われてるわよ。最初に依頼人と会う人たち」

カシャッ、カシャッ、と小気味の良い音が事務所に響いた。

「ちなみに表ヒーローズは、本社受付の先鋭軍団ねー」

あかりさんはファインダーから目を離さず言った。

カシャッ、カシャッと音は続いた。

「あっ、その一人がオレの妻ッスー」

ミヤビがニヤニヤ言った。

「自慢しなくてもみんな知ってるよ」

「まーたジェラっちゃってー。あ、チョコ食います？」

なぜこのタイミングで。俺は呆れながらも「ありがとう」とチョコを受け取った。

「先に本社で撮影も済ませてきたけど、やっぱりここは趣があっていいわねー」

あかりさんはようやくファインダーから視線を外し、目を細めた。

「さすが、社長の特別な場所ね」

俺も改めて、事務所を見回した。それぞれのデスク、座り心地にこだわった椅子。たまに来る社長のための特別なデスクは、部屋の一番奥、一等地にどーんと鎮座している。俺が初めてここに来たときも、社長はこのデスクにどっしり座っていた。

「ささ、一休みしてください」

道野辺さんが、いつの間にかコーヒーを淹れていた。いい香りが部屋中に漂う。

「今日の豆は何ッスかー？」

「ミヤビそれ毎回訊くけど、本当に味わかってるの？」

ミヤビは「失敬ッスね」と目を見開いた。

「わかったッスよ。当ててみましょう……え——と、キリマンジャロ！」

「ブルーマウンテンです」

道野辺さんはニッコリ笑った。

「いい加減覚えようよ。道野辺さんは、特別なときはブルーマウンテンだよ」

「修司くん、よくおわかりで」

カシャッと再び音がした。

「ああ、気にしないで。コーヒー飲んでる姿がすごく自然だったから。いつも通りにしててね」

「奥村さんも、是非」

道野辺さんがあかりさんの前にコーヒーを差し出した。

答える代わりにカシャッと音がした。

「おやおや、こんなじじいを間近で」

カシャッと音は続く。

「道野辺さん、素敵ッスよー。ひゅーひゅー」

「スーツがお似合いですよー」

「おやめください、二人とも」

カシャッと響く楽し気な音は、その後もしばらく続いた。

会場は色とりどりの様々な服装の人たちでごった返していた。

立食パーティーのようで、そこら中からいい匂いが漂っている。

「しゃー！　肉食うぞー！」

「私はとりあえず、幻の名酒が無くなる前に寿司《すし》でもつまみながら……」

ミヤビと道野辺さんは一瞬でどこかへ消えた。

何から食おうかと辺りを見渡していると、後方から声がした。

「修司さーん！」

吉田葵《あおい》は、精一杯めかし込んだ淡いグリーンのワンピース姿で俺に駆け寄った。

「おー、葵ちゃん！　なんか久しぶりだね」

「修司さん、聞いてください！」

葵は飛び跳ねんばかりの勢いだった。相変わらず元気な子だ。

「なになに？」

「実は、楓《かえで》がね、割と大手に就職したんですけど」

「おー、おめでとう」

「なんかちっともその会社に馴染めなかったらしくて」

あれ？　えらく楽しそうに話す割には雲行きが怪しいと思いながらも、俺は「うんうん」と頷いた。

「それでね、来年、なんとヒーローズに再エントリーするって！」

葵が満面の笑みで言った。

「えー！　すごいじゃん。めっちゃ受かりそうー」

「でも、来年だって優秀な人材はいっぱい来ますからねー。また一からですよ。あー
あ、辞退しなけりゃよかったのに、ほーんとバカだから」

葵は言葉とは裏腹に、嬉しそうな笑顔を絶やすことなく口を動かしていた。

「来年は、双子コンビが誕生するかもね」

「そうなるかなー。あ、ローストビーフ出てきた！　ちょっと行ってきます！」

なんともみんな、忙《せわ》しない。

俺も食いっぱぐれないようにしようと、料理テーブルに向かったときだった。

「修司」

また後ろから声をかけられた。

振り返って、俺は思わず「うわっ」と声を上げた。

「何よ、人を化け物みたいに」

そこにはニヤリと笑う多咲真生がいた。

「日本に帰ってきてたんですか？」

彼女は驚くほど普通に、この会場に溶け込んでいた。

「今あっちの大学がクリスマス休暇だからね」

けれどやっぱり輝くようなオーラは、健在どころか以前にも増していた。

「演劇の勉強されてるって聞きました」

「うん。毎日刺激いっぱいで、色んな人がいすぎて落ち込むこともあるけど、まあ楽しくやってるよ。今度、学祭みたいなもので私の脚本使うのよ」

「脚本の勉強もしてるんですか？」

「前に話したでしょ？　ある女の子と男の子の青春ストーリー」

俺は以前に彼女が話したストーリーを記憶の隅から呼び寄せた。

「あれって、本当に脚本だったんですか？　真生さん自身の話ですよね？」

「あれは、事実を混ぜたフィクションよ。高校時代を田舎で過ごしたって言ったけど、だって私、高校生からもう芸能活動してたじゃない。知ってるでしょ？」

「あ、そうか」

なんだ、すっかり全部本当の話だと思っていた。

「すっかり騙《だま》されましたよ」

「あんた、私に興味なさすぎじゃない？」

「すみません」

俺が苦笑いを返すと、彼女はニコリと笑った。

「あとで私の映像も流れるから、見ててよね」

「はい。楽しみにしています」

多咲真生は「じゃ、ね」と去った。

この会社にきて、色々な人と出会ったんだなあ。

俺は改めて、少し感慨にふけった。

「あ、飯くわなきゃ」

進もうとすると、スーツの端をくいっと引っ張られた。見ると、小さな女の子が、俺のスーツの端を持っていた。えらい可愛い子だけど、迷子かな。

「どうしたの？」

俺がしゃがんで声を掛けると、後ろから「可愛いっしょ？」とものすごく聞き覚えのある声がした。

振り返ると、ミヤビが料理をいっぱい載せた大きな皿を持って、もぐもぐと口を動かしていた。ということは……。この娘《こ》が噂の……！

「ミヤビの娘!?」

俺の声に、その子は驚いて手を離した。

「うわー、ほんとにめっちゃ可愛いねー」

目がくりくりで天使みたいだった。

「娘はやらねえ」

ミヤビがじろっと俺を見た。そういう意味じゃない。

俺が小さな天使に笑いかけると、彼女もニコッと笑い返した。

「あれっ？　でもミヤビの娘ってもっと大きくなかったっけ？」

「あ、こっちは次女。長女はあっち」

ミヤビが指した先には、奥さんと奥さんそっくりの美少女が楽し気にケーキを食べていた。

「ああ、次女……、えっ、二人いたの!?　いつの間に……」

俺が驚いていると、「おじちゃん、これ食べる？」と次女が再び俺の袖を引いた。

「おじ……っ、あ、ありがとう」

ミヤビはゲラゲラ笑った。

「子供って正直ッスよねー」

「いや、違う。子供から見れば二十歳すぎればみんなおじちゃんだから！」

「いやー、修司さんも、もうおじちゃんかあー」

ミヤビは腹が立つほど面白そうに笑っていた。

「おやおや、ここにいらっしゃいましたか」

道野辺さんはすでに頬を染め、満足そうな笑みを浮かべていた。

「幻の名酒、飲めました？」

「はい、美味しくいただきました。そろそろ社長のスピーチが始まりますよ」

「えっ、俺まだ食べてないのに」

「そうお見受けしましたので、取ってきましたよ」

道野辺さんは、きれいに盛りつけられた皿を俺に差し出した。

「道野辺さーん」

ありがたく皿を受け取り、舌鼓を打っていると、会場のライトが落とされた。

音楽が流れ、目の前の大きなスクリーンに写真が映し出された。

あの古びた七階建てのビルから始まったその映像には、若かりし頃の社長や、道野辺さんの姿もあった。たくさんの人が代わる代わる映り、しばらくすると、ピカピカの本社ビルの写真になった。そこからまたたくさんの人たちの写真。写真が変わるたびに、そこかしこから歓声が上がった。そして驚くことに、つい先ほど事務所で撮られた、俺たち三人の写真もあった。

「あの写真、ほしいッスね」

ミヤビがコソッと俺に言った。

「本当だね」

横を見ると、道野辺さんがすでに泣いていた。

「相変わらず……」

俺とミヤビは顔を見合わせて苦笑した。

そして、映像は終わり、社長が登壇した。

「えー、皆さま。本日はお忙しい中お集まりいただき、誠にありがとうございます。私が三十代で立ち上げた会社も、とうとう三十歳の誕生日を迎えることができました。関わってくださった全ての皆様に感謝申し上げます」

社長はいつになくきちんとしていた。

「まあ、堅苦しい挨拶はこの辺にして、今日は皆さまに大切なご報告があります。本日をもって、私は社長の職を退きます」

会場がざわっと揺れた。

「え、どういうこと？　ミヤビ知ってた？」

ミヤビは「まあまあ」とニヤリ顔で笑った。

「ええー、皆さん、静粛に。では早速ですが、新社長を紹介いたします」

俺は、まさか、とミヤビを見た。

社長はゴホン、と咳払いをした。

「新社長の、野宮聡一郎です」

会場が割れんばかりの拍手に包まれた。一人の男性が登壇した。

「ご紹介にあずかりました、野宮聡一郎です。実は社長から任命を受けたのは、一週間前のことでして、まだ僕自身が一番驚いている状態です。見ての通り、まだまだ若輩者ですが、どうか、ご指導ご鞭撻《べんたつ》のほど、よろしくお願い申し上げます」

「よっ！　聡一郎！」

カメラを構えたあかりさんが叫び、会場は笑い声に包まれた。

社長は再び、ゴホンと咳払いをした。

「ええー、ご存じの方もいらっしゃると思いますが、聡一郎は私の息子でもあります。きっけれども、私が彼を社長に任命したのは、彼が私の息子だからではありません。きっとここで私が何かを語るより、これからの彼自身を見ていただいたほうが、おわかりいただけるかと思います。けれど皆さん、ご安心ください。僕は、なんと、会長になります！」

社長が声高に宣言した。笑うところではないと思うが、会場からは笑い声が漏れていた。

「なので、まだまだ現役です。けど会長なのでね、働きたいときだけ働いて、あとはやりたいことに時間を使おうと思っています。ひとまず娘の貴子《たかこ》に会いにハリウッドに行って、その後、妻の夢だった世界一周旅行にでようと思っています」

会場から「いいなー！」と大きなヤジが飛んだ。社長は「いいでしょう」と答え、会場は温かい笑いに包まれた。

「僕はね、この会社を、皆さんご存じのあの古い小さな雑居ビルの一室から始めました。人間は、時に天使にもなり、悪魔にもなる。とても不安定な生き物です。だから、僕は天使でも悪魔でもない、ヒーローというものを作ってしまおうと思った。実は、この世にヒーローはたくさんいる。人間の数だけいる。しかし、彼らはそれに気づいていない。ここにくる人はみんな『ヒーローにしてください』と言うんだ。けれど、彼らはもともとヒーローなんだよ。そんな彼らに『自分がヒーローである』ということに気づかせる。これが、僕にとっての『ヒーロー制作』です」

笑っていた人たちが、いつの間にか社長の話に聞き入っていた。

「本当にね、ヒーローである人こそ、自分がヒーローであると気づいていないんだ。例えば、親。それは子供にとってのヒーローであるはずだ。例えば、この会場で働く方々。彼らがいなければ私は今こうして話すことすらできない。運転士さんがいるから電車が動いてきみたちはここまで来られた。整備士さんがいるから運転士さんは電車を運転できた。部品を作っている職人さんがいるから、整備士さんは仕事ができる。働くすべての人たちがこの世になくてはならないヒーローであり、子供の命を繋ぐすべての人たちがこの世になくてはならないヒーローである。僕はみんなに気づいてほしい。自分の価値を。自分がかけがえのない、価値のある人間であるということを。そして、ヒーローでありつづけてほしい。その命が尽きる間際まで」

会場からすすり泣く声もちらほら聞こえた。

「僕は、これからもヒーローでいるよ。家族にとっての、ここにいるきみたちにとっての、そしてすべての依頼者にとっての。それでは、我々の未来に、乾杯」

一斉に「乾杯！」という声が響いた。

「俺、本当にいい会社に入ったなあ」

会場はまた、華やかな話し声に包まれていた。

ミヤビが「でしょ？」と笑った。

「辞めたくなくなったっしょ？」

俺は「ううん」と首を振った。

「余計に、頑張らなきゃって思った」

「もーう、真面目なんスから」

ミヤビは優しく笑った。

「うー、さむ！」

縁側のガラス戸を開けて、俺は身震いした。

「ホワイトクリスマスにもほどがあるよね！　九州ってこんなに雪降るんだ」

庭から畑まで、見渡す限り見たこともないほどの真っ白な雪景色だった。

「こっちは山のほうだからね」

母さんがお茶を淹れながら答えた。

俺は縁側のガラス戸を閉めると、こたつに潜り込んだ。

「修司、これ着とかんね」

隣で座っていたじいちゃんが、はんてんを俺に手渡した。

「じいちゃん、寒いでしょ」

「じいちゃんは、寒いことなか」

「ほんとに？」

「もう慣れてるのよ」

母さんが笑った。

「ほら、でもおじいちゃんもこれ着て。この年で風邪ひいたら大変よ」

はんてんよりは少し薄手のカーディガンを、母さんはじいちゃんの肩にかけた。

「それにしても、いい写真ね」

母さんはじいちゃんが見ていた写真を覗き込んだ。

そこには、肩を組んだ俺とミヤビと道野辺さん、三人が笑顔で写っていた。

「うん。いい写真だね」

俺はしみじみ答えた。

「こんないい会社、辞めちゃって……あんたは本当に……」

母さんの話が小言に変わりそうな気配を察して、俺は話題を変えた。

「明日、街でケーキ買ってこようと思うけど、他になにかいる？」

母さんはクッキーを頬張りながら「うーん」と宙を見上げた。

「他は……鶏も大きなのがあるし、りんごもいちごもあるし、特にないわ」

「ま、何か思いついたらメールして。俺がご馳走するから」

母さんはお茶をすすりながら、眉間に皺を寄せた。

「いやだわ、なんだか人生最後の親孝行みたいで」

「そんなつもりはないよ」

どこでネガティブになるんだよ。俺は笑った。

「これ、食わんね」

じいちゃんが、俺のほうに大きなブルーのクッキー缶を寄せた。

「ありがとう。じいちゃんも食いなよ」

じいちゃんもクッキーを一つ、つまんだ。

「こりゃいつ食うてもうまいなあ」

「うん、美味しいよね」

じいちゃんはニヤリと笑って、俺に顔を寄せた。

「なしてかわかるね？」

「どうして？」

じいちゃんは、母さんに聞こえないような小声で言った。

「これ食うときは、いっつもあんたがおるばい」

俺は、ハッとすると同時に、クスリと笑った。

俺が小さい頃から大好きだった、このクッキー缶。俺がくるときは、必ず新しいものが用意してあった。そうだよな。じいちゃん一人では、大きな缶に入ったクッキーなんて買わないし、食わないよな。

「そっかあ。それは、よかった」

俺はじいちゃんに笑いかけた。

「ほんに、修司はいい子に育ったなあ」
じいちゃんはまるで小さな子供に言うように、目を細めた。
翌日のクリスマスイブの夕方前、俺はケーキを買いに街に出た。
『修司さーん』
ミヤビからの短いメッセージがスマホに表示された。
『どうしたの？』
『みんなでパーティー♪』
楽しそうなみんなと豪華な料理の写真が送られてきた。道野辺さんもいた。
『俺呼んでもらったことないけど、どういうこと？』
道野辺さんが一人で過ごしていなくてよかったと、少し安心した。
『今から来ます？』
『いや、九州だから』
『家ッスか？』
『ううん、外だよ』
『歩きスマホはんたーい』

『赤信号で止まってるから』
『え、信号あるの』
『街にはあるわ』
こいつはほんと、相変わらずだ。
『修司さん、メリークリスマス』
『メリークリスマス』
『よいお年を』
『よいお年を』
テンポの良いやりとりから、少し間が空いた。
『よりよき人生を』
俺は不覚にも、ちょっと泣きそうになった。
せめてもの思いを込めて、返事を送った。
『ミヤビもね』
光の速さで返信がきた。
『あ、可愛い子供と妻に呼ばれてる』
『うるせえ。早く戻れ』

前言撤回。やっぱりちっとも感動なんてしてない。するもんか。
『じゃ、またね』
『うん、またね』
信号は青に変わり、動き出す人たちと共に、俺も歩き出した。

完

あとがき

こんにちは、北川恵海《きたがわえみ》です。こんなご時世ですが皆さまお変わりありませんでしょうか。ちょっとお久しぶりのあとがきです。前作の『ヒーローズ』では意味ありげに「to be continued…」などと終わらせましたが、今作にて、ようやくといいますか、予定通りといいますか、大団円を迎えることができました。

デビュー後初となるシリーズを、ひとつの物語としてきちんと終わらせることができて、今とてもほっとしています。このシリーズは率直に申し上げて、私の作家としての拙《つたな》さや、未熟なところが全て出切った作品だったと思います。ヒーローズの面々はとても個性が強く、書いていて楽しい反面、依頼者の人生には大層悩まされたりもしました。まさに暗中模索という言葉がピッタリの作品でした。

ですが、ラストに差し掛かるにつれ「ああ、もう終わっちゃうなあ」と思っている自分に気づき、そして実際に「ああ、本当にもう終わっちゃうんだなあ」と惜しむ気持ちのまま書き切れたことが、心から嬉しかったです。

これを書いたからこそ成長できた、と後に思えるような、自分の中でターニングポイント的な作品になったのではないかと思っています。

どんな物語も途中一度は「これやっぱ無理かも……」と思うのですが、どんな物語も最終的には満足する仕上がりになってくれるのが、なんだか不思議です。私が寝ている間に誰かが魔法をかけてくれているのではと思ってしまいます。『ヒーローズ』に関しても、今となればあんなに悩んだのが嘘のようです。計四冊、まあまあきれいな『起・承・転・結』の物語になったのではないかと自己満足しています。特にこの『完』のラスト一行は、お気に入りです。もし初巻を持っていらっしゃる方がいれば、是非そのラストと見比べてみてください。修司の変化が伝わればいいな。

長らくの間、彼らを温かく見守ってくださった読者の皆さまへは、心からの感謝の気持ちでいっぱいです。本当にありがとうございました。

『ヒーローズ』ではさまざまな登場人物たちが、さまざまな考えや思いをたくさん語ってくれましたが、ここでは、私自身が日常で見つけたちょっといいなと思った言葉を、せっかくの機会なので皆さまにもお伝えしたいと思います。

その言葉は、とあるアプリゲームをしているとき、背景の一部であるポスターに書かれていました。

たしか『一日をより良くする簡単な三つの方法』と題されていました。

その内容は『コーヒーを飲む・アイスクリームを食べる・猫を撫でる』でした。

はい、完璧です。完璧な方法です。コーヒーを飲み、アイスを食べながら、膝の上で猫を撫で、「ああ、なんて不幸なんだ」と思う人はなかなかいません。

この言葉を、私の人生の教訓にしようと思いました。

ちなみに私は悲しきかな、猫好きの猫アレルギーですので、二次元でしか猫を愛《め》でられません。犬も大好きなのですが、今は飼っていないので、代わりにイケアからきた大きめのレトリバーのぬいぐるみで試してみました。

コーヒーを淹れて、アイスを持ってソファに座り、ぬいぐるみを膝の上へ。

うん、間違いない。癒やしでしかない。より良い一日が完成しました。

皆さまも、騙されたと思ってぜひ一度試してみてください。

今は特にほら、コロナで外に出られませんから。この機会に家の中の大掃除や模様替えや衣替えなどをして、綺麗になった部屋で、見たかった映画やライブDVDやゲームなんかを用意して、コーヒーでなくとも好きな飲み物と、アイスでなくとも好きな食べ物と、猫でなくても心が癒やされるような何か、ペットでも家族でも恋人でもぬいぐるみでもお気に入りの毛布でもなんでもいいので、膝の上に乗せたり片手で撫でたりしながら、過ごしてみてください。きっと、ちょっと良い一日になるはずです。

これが発売される頃には、いつもの日常に戻っているといいのですけどね。数年後にこれを読んだ人が「コロナって何だっけ」って思う未来でありますように。

当たり前の日常というのは、失って初めて気づくものです。

だからこそ、常にちょっとだけ良い一日を。

ちょっとだけ、自分が楽しめる時間を。

ちょっとだけ、他人に優しさを。

そのちょっとがあれば、なんだかんだ、うまくいくんじゃないかと思います。

あ、そうそう。この機会に本を読むのもいいですよ。と、宣伝も入れつつ。

『ヒーローズ』ももう最後のあとがきなので、もう少しだけお話しさせてくださいね。


私は、基本的に実在する誰かをモデルに人物を描くことはないのですが、唯一、『ヒーローズ』の中には、モデルとなった人物がいます。

それは、私の祖母で、物語の中では修司のおじいちゃんです。

モデルといっても、エピソードや物語は私の頭の中だけのものです。

ただ、その人となりと、たった一つのセリフだけ、おばあちゃんから実際に言われたものを使いました。一巻で修司が仕事を辞めたことを「じいちゃんにだけ言ったらよか」と言っていたアレです。大したセリフではありません。きっと本人も忘れているでしょう。私の場合は仕事を辞めたシチュエーションではなかったのですが、その言葉がなんだか可笑しくて、ちょっと嬉しかったので、ずっと覚えていました。

ちなみにおばあちゃん、先日九十九歳のお誕生日を迎えました。まだまだ耳も目も良くて、いつもニコニコしていて、私の本も読んでくれているので、これもきっと読んでくれるかと思います。これからも楽しく暮らして、一日でも長生きしてほしいものです。

最後に少し、自分のことを。私は速筆でもなければ、多作でもありません。どちらかというと遅筆です。それが作家としてどうなのかと思ったこともありましたが、『ヒーローズ』を書き終えた今、ほんの少し、自信がもてました。こんな歩みの遅い私ですが、これからもマイペースに、続く限りずっと、できればずっと、作家を続けていきたいと思っています。今後、この『ヒーローズ』のような物語は書けないかもしれません。これを書けたのは、まだ作家として不安定な今の時期だったからこそかもしれません。そういう意味では、修司と出会えたのも、ミヤビや道野辺さんや社長と出会えたのも、今しかない私の中のタイミングだったのでしょう。

私はヒーローズの面々が、依頼者たちの人生を垣間見ることが、大好きでした。

この物語を好きだと言ってくれる人が、少しでもいてくれれば嬉しいです。

ずっと続けて、という言葉をくださって、ありがとうございます。

けれど、物語には終わりがあります。

そのタイミングは「まだもうちょっと読みたい」と思ってもらえるうちが、一番美しいのではないかと、個人的には思っています。

『ヒーローズ』は、とても美しく終われました。

一緒に歩いてくれた皆さま、ありがとうございます。

これからもぜひ、歩みの遅い私を横目に、時に一緒に、時には前を歩んでください。

そして、たまーに思い出したら、ふらっと本屋さんを覗いてみてください。

たまーに、新刊が出ているはずですので。

そこでまたお会いできることを、心から願っています。

それでは、皆さま、より良き人生を。

じゃ、またね。

北川恵海

＜初出＞
本書は書き下ろしです。

この物語はフィクションです。実在の人物・団体等とは一切関係ありません。

メディアワークス文庫

完《かん》・ヒーローズ（株《かぶしきがいしゃ》）！！！

北川恵海《きたがわえみ》

2020年５月25日　初版発行
2024年９月20日　再版発行

発行者　山下直久
発行　株式会社**KADOKAWA**
〒102－8177　東京都千代田区富士見2－13－3
0570-002-301（ナビダイヤル）
装丁者　渡辺宏一（有限会社ニイナナニイゴオ）
印刷　株式会社KADOKAWA
製本　株式会社KADOKAWA

●お問い合わせ
https://www.kadokawa.co.jp/（「お問い合わせ」へお進みください）
※内容によっては、お答えできない場合があります。
※サポートは日本国内のみとさせていただきます。
※Japanese text only

※定価はカバーに表示してあります。

Printed in Japan
ISBN978-4-04-912962-5 C0193

メディアワークス文庫　https://mwbunko.com/

本書に対するご意見、ご感想をお寄せください。

あて先
〒102-8177　東京都千代田区富士見2-13-3
メディアワークス文庫編集部
「北川恵海先生」係